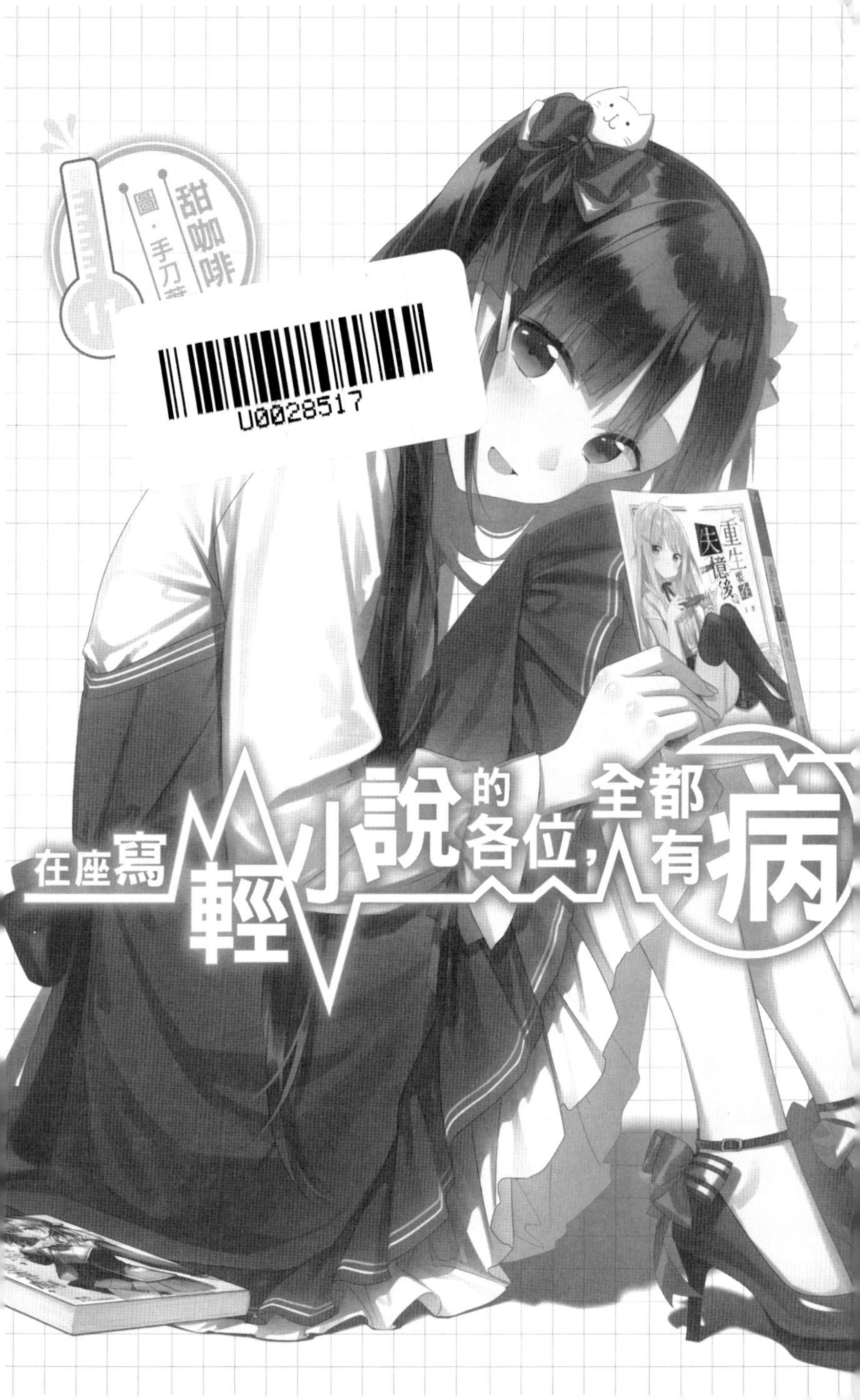
甜咖啡
圖・手刀
在座寫輕小說的各位，全都有病
重生失憶後

在座寫輕小說的各位，全都有病 11

目錄

第一章

悔在犧牲離別時

隨著「問心七橋」的崩潰，即將返回現實世界的我，已經是淚流滿面。

身後不斷自我崩毀的七彩世界，不斷傳來驚天巨響，但那聲響哪怕再大，也無法傳達至此刻痛楚的內心。

內心陣陣傳來的絞痛感，像是要將發生的一切……用力銘刻在最深處那樣，不斷刺激著恍惚的意識，強迫自身接受現實的殘酷。

在先前血與火的預知夢裡，未來原本會成為寫作之鬼的那個「未來的我」，以殺戮成就大道，為了得勝不擇手段。在那條時間線裡，我殺掉了輝夜姬。

而在另一條時間線裡，未曾受到怪人社所拯救，成為獨行俠之王的「過去的我」，漠視一切，目空所有，將一切做為前往高處的踏腳石，引燃無數戰火，導致輝夜姬出面守護A高中而敗亡。

過去，未來，然後是「現在」。

而現在……

「……」

我看著自己的手掌。手掌不斷顫抖，那是因無法抑制的痛苦產生的震顫。

現在，輝夜姬依舊因我而死。

彷彿被時間線收束所影響，命運早已註定，不管過去、現在，還是未來……無論哪條時間線的我，都將親手殺死輝夜姬，背負殺死友人的罪孽。

「罪孽……嗎？」

可是，就算是相同的罪孽，乍看之下相同的結局，卻產生不同的結果。

在這一次的時間線裡，我與所有怪人社成員建立起更深的羈絆，所以不會再次踏上「未來的我」或是「過去的我」的舊路，而是始終選擇守護所有人。

如果沒有這一年來，那珍貴到無以復加的回憶做為支撐，在想起幻櫻的那刻……恐怕我早已墮化為「寫作之鬼」或是「獨行俠之王」，再次激起滔天殺戮，使一切陷入混沌中。

只是哪怕如此，在重新取回記憶後，正因深刻理解一切——知曉幻櫻為開啟新一輪的時間線，斬除了過去、犧牲了現在、奉獻了未來，承受無數苦痛，獨自於寂寞的角落裡承受哀傷，當時的我……發狂了。

哪怕沒有墮化為「寫作之鬼」或「獨行俠之王」，我依舊發狂了。

因為沒有獲勝的絕對把握，才會發瘋似地想變強。最後，我想出看似折衷的「無我之道」，自認這是兩全其美的辦法，但我還是錯了。

「怪物君的實力，比原先預估的還要強，如果將寫作比喻為無數條道路……怪物君必定是將自己的道路貫徹到了極致，走到常人難以想像的高度之上。」

「他連一個幻影都足以窺破虛妄，看穿『問心七橋』並不是真正的現實，且擁有足以斬掉虛幻世界的才氣……這樣的對手，又怎麼會是憑藉於虛無之上的『無我之道』可以擊敗……」

……強大。

怪物君這個敵人，擁有難以言表的強大!!

如果我真的選擇度過「問心七橋」斬掉所有情感，即將要面臨的，恐怕只有最終一戰敗亡的後果。再次重蹈覆轍，踏上其他時間線曾歷經的絕路。

但是，現在情況已經產生變化，與過去有所不同。

「與過去不一樣……嗎？」

思及『過去』這個詞彙的瞬間，許多記憶竄過腦海，我忽然有所領悟，同時也感到強烈的鼻酸。

「原來如此……」

幻櫻以性命做為交換，跨過了時間線，來到現在，改變了原本會一直消沉下去的我，讓我重拾寫作，看見新的可能性。

——重拾寫作的我，也在不斷影響周遭的人。沁芷柔、風鈴、雛雪……大家慢慢克服自己的弱點，跨越心中的那道坎，與過去不同的社員們，使嶄新的怪人社因此誕生。

而嶄新的怪人社也改變命運的走向，讓前一次時間線沒有加入怪人社的輝夜姬，成為了社員，變成了夥伴。

最後，輝夜姬以她的死，守護了我，讓我的『本心之道』重獲新生，這也是前一次時間線未曾發生的事。

「生生死死……死死生生……近乎偏激的命運將所有人串在了一起……所有發生的一切，既像噬人的詛咒，同時也蘊含無窮希望。過去與未來的我，踏上的道路都註定失敗並滅亡，如果想跳脫這綿延不絕的滅亡迴圈……唯有不斷前行，嘗試尚未走過的道路，藉此抉擇出那無數條死路中的……唯一生路!!

「所以，我不能停下腳步。

「所以……我必須抹去自己的眼淚，讓本心之道迅速圓滿，成就無人可及的強大。」

輝夜姬死前的話語，再次掠過我的心頭。

「妾身並不會真正消失……

「因為……妾身今日的榮光，將化為您明日的皇冠之影……」

將崩壞的七彩世界拋在身後，用手背將淚痕擦乾的瞬間，我的眼前也重現光明，那是通往外界的光暈出口。

我的雙腿不斷邁出，大步跨入現實世界。

現實世界中，沙灘上已經是人山人海，幾乎所有C高中學生都集中在這裡。知道內情的人都是一臉焦急，有些人不明究竟，但也被感染了那股緊張的氣息，整個場面的氛圍凝重無比。

處於群眾最前方的，是怪人社的成員們。只有身為C高中核心的這些人，透過一面像是鏡子般的晶星人道具，窺見事情的真相。

風鈴擔心地凝視我，雛雪面無表情，而沁芷柔則扶著受傷的桓紫音老師。

原本在「問心七橋」的最後一關，桓紫音老師打算親自出戰，但因為關卡的強烈排斥，她受傷而昏厥，直到現在黑西裝的胸前也能看見點點血跡。

所有C高中學生都盯著我看，在眾目睽睽之下，我朝著怪人社成員們走近，腳步越來越緩……越來越緩，最後在離她們五步之外站定。

首先，我朝她們呈九十度彎下腰。很快我又覺得不夠，又蹲了下去，膝蓋與雙手落在沙地上，朝她們呈現土下座的姿勢。

朝著自己的夥伴，我垂下頭顱，以祈求般的語調，不斷重複著致歉。

「對不起、對不起、對不起、對不起，我對不起大家！」

甚至連額頭都觸在沙粒上，感受著被太陽晒得滾燙的地面溫度，我繼續著話語。

「之前是我太過幼稚，想法不夠成熟，所以才會一意孤行……想靠著一己之力拯救眾人，才讓大家失去笑容，讓大家的期望落空……讓大家……因我而受到傷害……」

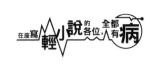

過去曾經自詡為獨行俠，秉持著傲然而獨立的生存之道，面對任何事物都不肯輕易低頭……這樣子的我，正在親自破壞往昔建立的信條，在眾人面前跪地，坦承內心的軟弱。

原本因為嘈雜的沙灘上，因我的舉動，我的發言，已經變得鴉雀無聲。哪怕不抬頭，我也能感受到一道道熾熱的視線正盯在我的背上，藉此評估我的人生價值。

可是，哪怕如此，我依舊咬緊牙關忍耐。

過去因謊言而造成的傷害，也只有十倍於此的坦承能夠彌補。

所以哪怕面對的是怪人社眾人的沉默，哽在喉中的話語變得越來越沉重，我依舊堅持著把話繼續說完。

「事到如今，我不會天真地說出『請原諒我吧』這種不負責任的話……只希望妳們給我一個將功贖罪的機會，讓我能夠——」

「……能夠怎麼樣？」

我話還沒說完，就被一道哽咽的女聲給打斷。

我微微抬起臉，看見桓紫音老師緊盯著我，她的表情無比心痛，異色瞳裡閃過複雜之色。

桓紫音老師繼續說了下去：

「柳天雲，從當初拿走玻璃高腳杯的那一刻起，汝就已經放棄了原本的自己，即是與吾徹底告別，不再是吾的學生，也不再是怪人社的一員。

「這樣子的汝……被變強的慾望蒙蔽心靈的汝……卻讓輝夜姬那孩子為拯救汝而犧牲。汝已經入魔了，所以吾不會再聽從汝的任何想法，當然也不會讓執著於虛妄之強的汝……代表C高中出戰。

「也就是說，在這場六校之戰裡，汝已經是局外人。哪怕是最終一戰，也不會有汝插手的餘地。」

——!!

耳聞如雷擊般的驚人消息，我望著桓紫音老師，原本在七彩世界裡哭得有些紅腫的雙眼，慢慢瞪大。

……不會再讓我代表C高中出戰？

……哪怕是最終一戰，也不讓我出手？

歷經兩次時間線，付出幻櫻與輝夜姬的生命做為代價，就在我的本心之道得到痊癒的機會、實力有望重返顛峰的此刻，我卻失去代表C高中的資格。

如果不能出戰的話，也就是說，必須讓風鈴與沁芷柔直面怪物君，進行最後爭奪願望的決勝戰。

我比誰都瞭解，在輕小說的領域裡，風鈴與沁芷柔那遠超常人的實力。可是，

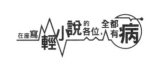

面對怪物君那彷彿能不斷超越極限的強，她們的勝算並不高。

在記憶復甦後，我已經明白……就連上一次時間線裡，強大到了極致的幻櫻與輝夜姬，都無法贏過怪物君。

要知道，輝夜姬如果不是身體狀態欠佳，就連已經踏過「問心七橋」之中的六橋的我……可能都遠非其敵。

可見怪物君實力之恐怖，近乎不可思議……換句話說，此刻的C高中假若還有所保留，扣下我的戰力，戰勝怪物君的希望就更加渺茫。

「我……」

想到關鍵處，就在我急著想要向桓紫音老師求情時，卻看見她已經轉過了身。在轉身的時候，她的披風逆著海風飛起，在半空獵獵作響。

「……走吧，離開這裡。」

桓紫音老師朝著攙扶她的沁芷柔如此開口。

甚至連分說的餘地都不留絲毫，在圍觀眾人的竊竊私語中，桓紫音老師的身影……就此慢慢遠去。

我並沒有從沙灘上站起，依舊維持著跪地的姿勢，只是朝著桓紫音老師離去的方向怔怔出神。

驚訝、痛苦、感傷，諸般情緒慢慢湧上心頭，但更多的還是對自己的憤怒。

……如果我從一開始就足夠強大……如果我當年沒有封筆，是不是就可以守護所有人，輝夜姬與幻櫻不會身亡，所有人都能幸福快樂地邁向嶄新的明天。

哪怕我明白，正因為歷經許多痛苦的過去，才能擁有彌足珍貴的現今，懊悔依舊不斷襲上心頭。

大概是察覺狀況不同以往，第一時間，並沒有C高中的學生朝我接近。大家就只是遠遠旁觀著我的身影，不斷交頭接耳，製造出嗡嗡低語。

在令人難以忍受的沉默中，就這麼過了許久，最先朝我報以善意的，是一前一後朝我接近的兩道身影。

「前輩……」

「……」

是風鈴與雛雪，風鈴微微彎下腰，擔憂地看向我。處於第一人格型態的雛雪，則面無表情地搓揉著頭上卡通大熊套裝的耳朵，似乎在思考某些事。

依舊保持著跪姿，我茫然地看向她們。在輝夜姬剛剛離世，局勢發生劇烈變化的此刻，平常建立起的前輩剛強形象已然崩塌，面對這兩個社團裡的後輩，我感到不知所措。

「前輩，您……」

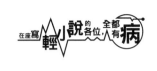

風鈴欲言又止，怯生生的模樣，讓人心生憐惜。

但她還是鼓起勇氣，把後面的話說完。

「您與輝夜姬之間……風鈴不知道最後發生了什麼事，但是風鈴明白，前輩一直都很痛苦很痛苦，試圖背負所有，打算獨自承擔一切……這次，肯定也不例外吧。無法分擔前輩的痛苦，也是風鈴的錯……所以，前輩……」

風鈴慢慢蹲下，直到與我視線齊平。她特有的溫柔眼神，在此刻展露無遺。

「所以，前輩……即使您犯下滔天大錯，風鈴也會與您一起承擔那份罪惡，哪怕您踏入地獄，也不會是孤身一人。」

語畢，風鈴輕輕撫摸我的臉頰，她的笑容帶著慣有的溫柔，語意卻比先前任何一次說話都更加堅決。

面對風鈴的自白，我沉默許久後，發出輕聲嘆息。

「……謝謝妳，風鈴。」

我沒有正面回應風鈴的話。

直到最後，我也只能回以帶著苦意的道謝。因為我所擁有的，是透過犧牲幻櫻與輝夜姬換來的希望，這樣子的道路，註定充滿哀傷與悲涼，有我一個人走就夠了。

就像我曾經寫過的輕小說《亞特留斯之劍》裡的主角大英雄那樣，如果踏在鮮血開拓的路徑中，以燃起罪業之火的大劍斬向敵人，那這罪惡的業火，也勢必會波及於己，直到自身也做為柴薪燃燒殆盡。

「……」

我閉目片刻，就在我想對風鈴說些什麼時，眼前忽然被一道黑影所籠罩。

快步走近的雛雪，就這麼站在我面前，嬌小的身軀遮擋住大半陽光。她將表情藏在卡通大熊兜帽之下，但是透過那急促的呼吸，我能感受到某種激烈的情緒正在雛雪的心中醞釀。

將頭上的卡通大熊兜帽掀開，雛雪的眼眶泛紅，以迥異於平常的認真態度，開口發言。

「……雛雪很喜歡輝夜姬，所以說，對於學長的行為感到不滿，非常非常不滿喔!!

「可是，現在的學長一點都不像平常的學長!!雛雪討厭自暴自棄的學長，超級討厭!!」

捏著小小的拳頭，雛雪漲紅著臉朝我大喊出聲。

「所．以．說！給我振作起來啊!!讓雛雪再次看見那個不會被任何事物擊垮，內心強大到可以拯救所有人的學長!!讓雛雪再次感受到——當初將雛雪從孤獨之井中拉出的你，所能創造的奇蹟吧——!!」

——!!

一陣海風吹來，拂動了雛雪的瀏海，在這一刻，她聲嘶力竭地朝我吶喊的形象，永遠銘刻在了我的記憶裡。

「原來如此……嗎？」

我看看雛雪，又看看風鈴。

……我早已決定要拯救幻櫻，拯救輝夜姬……得到願望，換取通往復活之路的資格。

也早已明白，奇蹟並非無中生有之物，而是由拚盡性命的努力，締造出的微小可能性。

但是，即使打算拚上性命努力，只要在冰冷的黑暗中不斷前行，內心就會逐漸被同化變得冰寒。

「可是，如果妳們也在的話……」

我伸出雙手，左手牽住了風鈴的手，右手拉住雛雪的手，慢慢從沙灘上站起身來。

朝著兩名少女，我慢慢開口發言。

「……如果妳們也在的話，我就能獲得繼續前行的勇氣。」

第二章 A高中的災難

前路漫漫，還有很多事必須做。

從沙灘上返回C高中，我婉拒風鈴與雛雪的同行請求，在校園裡踱步的同時也不斷思考。

輝夜姬的犧牲，換來的是本心之道痊癒的可能性。

也就是說，我必須讓本心之道痊癒，並且圓滿，再次成就顛峰。

在寫作的世界裡，我從來沒有懷疑自己登上顛峰時的強大。當年站在制高點上，近乎君臨天下的日子持續過太久太久，至今記憶猶新。

「現在，我有很多該做的事……」

路過校舍旁的草地時，我拔起一根青草放入口中。

有些苦澀的汁液沁透了舌尖，默默思考的我，朝某個方向看去。

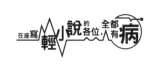

「但是最優先的……毫無疑問，是那件事吧。」

拋下青草，我朝著教學大樓走去，不斷沿著樓梯往上爬，在路途中，經過當年首次背負輝夜姬的地方時，我沉默著駐足片刻，才再次往上爬。

不斷往上……不斷往上……到達最高樓層，抵達了怪人社。我已經很久沒來這裡了，此刻的怪人社空蕩蕩的，沒有任何社員存在。

但是，在教室的正中央，此時有一扇不斷散落粉末的光輝大門。

「轉轉橋梁君……」

這是輝夜姬留下的遺物。一直以來，輝夜姬都是透過這扇門往返兩所高中，現在輝夜姬已經身亡，她過來時留下的通道，當然也不會自己消失。

「我已經答應了輝夜姬，要替她守護A高中的子民。

「哪怕沒有這個承諾，為了不讓輝夜姬付出所有心血的領土產生動亂，我也必須去一趟。」

默然盯著轉轉橋梁君的通道彼端，那是前往A高中的道路，也是代表著遺願的道路，此刻看起來是如此深邃。

「而且……我欠A高中一個解釋。」

語畢，我邁步前行，身影消失在轉轉橋梁君的光暈中。

轉轉橋梁君所帶來的傳送，讓人腦袋發暈。我感到整個人被吸入光暈裡，在經歷大約一分鐘的天旋地轉後，終於再次腳踏實地。

搖晃腦袋將暈眩趕出，接著我睜開雙眼。

然而，眼前的景象卻讓我的瞳孔瞬間擴張放大，內心的驚愾提升到了極點，難以想像會看見眼前的情景。

「這是……!!怎麼可能……!!」

我原本已經做好了最壞的打算，在A高中的學生，也就是輝夜姬的子民面前坦承真相，接受眾人的責罵甚至毆打，可是這些後果所帶給我的慌亂，都不及眼前之萬一。

「**血與火**……不可能……絕對不可能……不應該這樣的……」

A高中是一座占地寬廣的日式城堡，由層層疊疊的堅固石頭組成無數建築。我通過傳送後，恰好位於城堡的中央地帶，所以能將四周的情況納入眼中。

而眼前的A高中……

……到處都有高大的建築正在崩塌，崩塌的建築隨即形成驚心動魄的落石，原本美輪美奐的城堡，此刻成為奪去人命的凶器。甚至不只如此，放眼望去盡是一片火光，在許多明明沒有燃燒源頭的地方，憑空升起無數團熊熊烈火，到處都是如遇火的蟻群般不斷逃竄的學生，但因為城堡的占地幾乎囊括了整座海島，學生們根本無處可逃。

被落石砸傷的學生們，流下滿地鮮血。

莫名四起的烈焰，將碧藍的晴空也染得通紅。

一直以來守護A高中的堅固堡壘，此刻成為緩步困殺學生們的巨大棺材。

「……!!」

彷彿末日般的場景，A高中學生們的哭喊聲、求救聲，傳入我的耳中，使我緊緊咬住下唇，用力到下唇流出血來。

眼前正在奪去人命的一切災難，也悄悄與往昔無數次夜深夢迴時，怪夢中的場景聯繫在一起。

那許許多多怪夢，無疑是歷經前一次時間線的自己想扭轉未來的最後掙扎，才藉著夢給出了警兆……給出了防範的可能性。

可是，在已經重拾本心，理應迴避預知夢中悲慘未來的此刻……當這一條時間線的我再次來到A高中時，映入眼簾的，卻與夢中所見的情景一模一樣。

同樣的血與火。

同樣的……A高中迎來動盪與覆滅！

「血與火……為何會莫名誕生!!我沒有化為寫作之鬼挑戰A高中，這戰火究竟因何而起……!!」

眼下，我唯一能推測出來的，就是這一次的時間線裡，與我所看見的未來相比，肯定產生了某種改變。

「……!!」

我忽然想到某個關鍵。

上一次時間線裡，原本只是書評的我，這一次卻成為C高中的主戰力……或許將導致命運的齒輪產生轉動，進一步影響到更多事件。

「大概，因為領導者輝夜姬的提前死亡，A高中有某處產生了變化……導致命運偏離原本的方向，才會造成……血與火的厄運再次降臨!!」

心念電轉，這一切的思考與推論，只花費不到兩秒的時間。

很快我也瞭解到了：現在A高中的城堡還沒徹底成為廢墟，學生們目前也都是受傷居多，還有扭轉局面的可能性。

當機立斷，我必須先瞭解事發的原因。

於是我追上一名逃跑中的男學生，揪住他的手臂，對他沉聲發問。

「A高中為什麼突然變成這樣？告訴我原因，快!!」

男學生的臉孔因為恐懼而發白，他愣了幾秒才聽懂我的意思，顫抖著做出回答。

「不知道……我也不知道啊!!大概半小時前，城堡的主體就開始崩壞，就連什麼都沒有的空地都會憑空燃起火焰，大家都受傷了，想從城堡裡逃出，但城門都關閉了，打不開，我們逃不掉……逃不掉!!」

話語因恐懼而變得狂亂，但我還是聽懂了他的意思。

「半小時前嗎……」

我沉默片刻，隱隱約約猜到了原因。

「半小時前……剛好是輝夜姬離世的時候。難道說輝夜姬的死亡，確實會讓這座城堡產生某種變化……但預知夢裡並沒有發生這種事。」

又追問了幾名學生，我依舊得到相同的回答。

這時我試了試，但這些學生沒有辦法透過「轉轉橋梁君」逃到C高中避難。大概是因為輝夜姬早就在道具上烙印我的氣息，所以我才能順利使用。

「這些學生逃不了……也避不掉……必須另想辦法解決問題……」

一邊閃避著倒塌的建築物，我思考片刻，接著慢慢抬起了頭，視線越拉越高……越拉越高，看向城堡的制高點，那幾乎立於雲端裡的城堡尖端。

那裡是輝夜姬居住的地方。

也是夢裡成為寫作之鬼的我，背叛輝夜姬的傷心之地。

「如果說，血與火的誕生，是因為輝夜姬產生了某種改變……那麼，改變的癥結點，或者說線索，十有八九就在那裡了。

「……那麼，出發吧。」

語畢，穿越無數亂石與惡火，我走進城堡內部，穿過主殿與偏殿，找到了那呈螺旋狀不斷往上的登天之梯。

「——去找出真相……找出讓A高中留存的可能性!!」

大概是因為輝夜姬的體貼，城堡裡的某部分設施，被施以神奇的魔法。例如這登天之梯，雖然高聳入雲，乍看之下綿延不絕，彷彿永遠也走不完，但實際走在上面時，卻每一步都能邁出老遠，堪比平常的十倍速度。

在迅速攀登的同時，透過城堡內部的窗口，我可以俯視底下的景色。

整座城堡都在不斷劇烈震動，帶來的影響就是血與火依舊持續。即使爬得再高，也能聽見底下學生們的驚慌叫聲。

「血與火……」

沉默地攀爬登天之梯的同時，看見底下的亂象，我的內心逐漸沉了下去。

……因為眼前的亂象，我很熟悉。在夢裡成為寫作之鬼的我，也看過這樣的景色。

百感交集，我不禁發出嘆息般的低語。

「彷佛歷史再次重演……」

「或許，就像輝夜姬在這條時間線裡也死去了那樣，A高中終究會被迫踏上血與火的道路……就像早已被安排好結局的旅人那樣，哪怕路途中走進岔路……也終究會抵達相同的終點。」

思及此，我忽然感到一陣悚然。

某種我不願深思的想法，慢慢浮上心頭。

「會不會……會不會……如同A高中與輝夜姬這樣……未來的方向，是無法被徹底修正的。就算改變了行進途中的小事件……那些代表癥結點的大事件，依舊會以另一種形式上演，不會偏差絲毫。

「也就是說，哪怕幻櫻犧牲了，爭取到第二輪時間線重新展開，而我們這次也戰勝了怪物君……也很有可能，最後會發生某種差錯，導致C高中邁入全滅的結局。」

不停攀爬登天之梯，沉默許久後，透過窗戶，我看向被火光染紅的天空。

……不會的，不會發生那種事。

……幻櫻拯救了我，我影響了怪人社，歷史的齒輪被重新推動，導致後續一連串蝴蝶效應產生，這樣子的話，我們應該已經扭轉原本的時間線，走到嶄新的道路上。

我不知道自己的推測是對是錯，也不清楚能不能掙脫命運的掌握，但是……

「但是……此刻，我必須做到自己力所能及的事。」

就像先前記起幻櫻那一刻我所做出的宣誓……

「若是命運要斬斷這羈絆，我就撕開這命運……就算是天要妳死，我也會把妳奪回來——!!」

誓言般的低語，在空空如也的城堡內迴盪。

在低語消失的剎那，彷彿再現夢中的某道場景，我再次站在輝夜姬居所的房門前。

輝夜姬居所的房門，上面繪著漂亮的彩色圖畫。那彩繪以璀璨的夜空為背景，皎潔的月球為主軸，而月球上有耳朵長長的兔子在搗麻糬。站在兩隻兔子的中間，有一名背負仙女彩帶，看起來像是童話故事女主角的少女，她雙眼發亮，盯著麻糬露出期待的表情。

那表情，很像畢業旅行時，第一次吃到蘋果糖的輝夜姬。

「……」

在預知夢裡，門上並沒有這樣的彩繪。

也就是說，對於這一次時間線的輝夜姬而言，與大家一起出門遊玩，吃過蘋果糖這種小事，對她而言……卻是足以銘刻到內心深處的珍貴回憶，情感強烈到能夠改變她的未來。

內心感到酸楚的同時，伸出要推門的手停頓了半秒。

「輝夜姬，復活妳之後，我會連妳的身體一起治好，到時候就算是滿山的蘋果糖，妳也能露出幸福的笑容……安心享用。」

喃喃自語的同時，我推開輝夜姬居所的大門。

只是，門才推開一半，忽然有強烈的白光自輝夜姬居所裡流竄而出。那白光太過強烈，就像房間裡面有一顆迷你太陽似的，刺得我一時睜不開眼。

「這白光是——!?」

這白光不知為何，帶給我很熟悉的感受。

在吃驚的同時，忽然自門的內側傳來一股巨力，有人撞在開了一半的門板上，將門狠狠撞開的同時，也踉蹌地退到了石製階梯上，險些滾落下去。

在最短的時間內，我看清了這人究竟是誰。

穿著綠色狩衣與烏帽子，臉上永遠是陰霾滿布的神色，手上拿著與小秀策相似的摺扇……毫無疑問，這個人是棋聖。

可是，棋聖為什麼會從輝夜姬的居所內狼狽跌出？

「你為何……」

我一句話還沒問完，棋聖忽然臉色一白，「哇」的一聲吐出一口鮮血，並且不斷劇烈咳嗽。棋聖的血慢慢順著石階流淌而下，劃出怵目驚心的血痕。

看著棋聖慘白的臉孔，他似乎還會繼續吐血，現在似乎不是問話的好時機。於是我以手掌遮擋強光，從陰影中向輝夜姬的居所內望了過去，想探明白光的源頭來自何處。

「……」

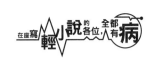

在輝夜姬居所的正中央，有一張灰白色的石桌，石桌上有一顆正散發出強烈白光的水晶球。

此刻在水晶球前，有一名穿著白色騎士袍，腰繫長劍，藍色長髮的男子正伸手按在水晶球的表面上。

……飛羽，輝夜姬的守護騎士。

明明房間內沒有風，但飛羽的身軀卻像受到某種巨力壓迫似的，弓著身雙足後撐，才勉強不至於被某種隱形的力量彈飛，維持將手掌按在水晶球上的姿勢。哪怕如此，隨著時間不斷流逝，飛羽也顯得越來越吃力，像是受到某種內傷那樣，臉色慢慢漲得通紅。

那水晶球是什麼東西？為何在A高中面臨毀滅的關鍵時刻，飛羽與棋聖似乎不惜代價也要接近？又為什麼會使人受傷？

許多疑惑如電流般竄過內心。

初來乍到A高中時，我早就覺得奇怪，在輝夜姬已經不在的當下，到處都是建築崩塌與祝融肆虐，面臨如此巨大的災難，理應由身為A高中二把手的飛羽與三把手的棋聖出面控制局勢，這樣至少也可以降低學生的傷亡，但這兩人卻一直都沒有露面，令人心生疑竇。

直到推開房門的現在，我才明白兩人消失的原因——原來他們都在輝夜姬的居所裡，對抗這顆神祕水晶球所發出的力量!!

「……嗚！」

飛羽此時發出痛苦的低鳴。

水晶球發出的光芒越來越盛，其帶來的隱形力量似乎也在不斷上漲，飛羽按著水晶球的手掌不斷震動，手背上的血管已經全部被震裂，鮮血不斷迅速冒出。只是哪怕如此，承受著無比痛苦，飛羽也沒有鬆開手，依舊拚盡全力地按住水晶球。

那水晶球十分特異，散發出某種神聖的氣息，飛羽的鮮血也無法沾染其上，給人不可侵犯的凜冽之意。

我緘默片刻，側過臉，瞥向已經緩過氣來的棋聖。

「喂，解釋一下情況。」

我對棋聖如是說。

棋聖教出來的弟子與他自己，都曾經算計過C高中，我對這對師徒的印象並不好，所以態度並不客氣。

「哼……你……」

棋聖看了看我，先是一貫的以冷笑開場，嘴巴微張，看似要說出某些譏諷的話……

就在這時，我將強者之意外散，瞪了棋聖一眼。

強者之意，是只有強大的寫作者能掌握的能力。過去幻櫻曾憑藉此改變天象，怪物君曾以此強化氣勢震驚C高中所有人。而在重新走回本心之道……並堅定決心的此刻，我已經比以前強大太多太多，足以將強者之意外散，藉此震懾敵人。

棋聖一句話還沒說完，但他隨即感受到我散出的強者之意，瞳孔在瞬間凝縮。

在我闖「問心七橋」時，裡面有一關考驗，恰好是由虛擬而出的棋聖守關。那是一個布滿黃沙的古戰場，戰場裡四處散落鏽跡斑斑的鎧甲與武器，每隔數十公尺，沙地中間就有參天石柱衝出，頂天而立，布成八卦之陣。

黃沙，鎧甲，八卦陣，在由這些要素所組成的古戰場，就在那裡，虛幻的棋聖被我鎮殺，他甚至連還手的資格都沒有。

而在此刻，那個虛擬世界中的棋聖，與現實世界中的棋聖，在我眼中慢慢重合。

……弱小。

……做為一個寫作者卻故步自封，只懂得陰謀算計的你，在我看來已經太弱小了。

我緊盯著眼前的棋聖，如尖刀，如銳刺般的強者之意，凝聚起來直逼對方。

「我叫你解釋情況，快！」

棋聖，如果你的傲慢來自對強大實力的自信，那我就連這傲慢……一起斬掉!!

「不可能，你的實力……!!」

現實中的棋聖，已經很久沒看見我了。在感受我的氣勢後神情大變，臉色甚至變得比之前吐血時還要蒼白。他下意識就想要後退，一不小心從石階上滾落下去，姿勢糗狀百出，最後一屁股坐倒在階梯轉角處。他抬起頭注視我的表情，已經帶上濃烈的恐懼之意。

「你……你……你已經恢復當年的實力了嗎……柳天……」

連牙關都開始發顫的棋聖，與我雙目對視，接著他慢慢低下頭去，原本想直呼我的名字的行為，卻倏地停了。

盯著石頭地板，沉默片刻後，棋聖咧開嘴笑了。但那笑聲中，卻滿是苦意。

「哈哈……哈哈哈哈……老朽一生機關算盡，欲以『以局困人』之道，成就人上之人……憑依此道，自小至今，老朽十戰可勝其九，可謂無往不利。」

像是情緒的極端變化帶給他某種打擊，棋聖發出「哇」的一聲悶響，又吐出一口鮮血，將自己的綠色狩衣都染紅。

「可你……柳天雲……你卻出現了……天生擁有無與倫比的才能，夾帶無人可敵之勢傲立顛峰，但這樣子的你，卻莫名在國中時封筆。老朽曾一度以為你會就此銷聲匿跡，但在六校之戰中，你卻又再次出現，並變得比以前弱小了太多太多……

「發現封筆後變得弱小的你，老朽第一個念頭，就是必須在你恢復實力以前……將你徹底滅殺！這樣才會有老朽的生存之路……老朽的道，才能獲得延續下去的資格。」

一邊發出慘笑，棋聖繼續說了下去。

「……但是，老朽終究還是運氣不佳，沒能勸得輝夜姫在你弱小時痛下死手……當年稱霸寫作界天下的那個你……終究還是回來了。可悲，可嘆!!會造成這一切的原因，就是輝夜姬那個女人太過天真善良，現在她自己果然也付出了代價……哈哈……哈哈哈……」

說到這，棋聖話聲一頓，接著他森然開口，發出尖銳的質詢。

「……輝夜姬是你殺的吧？你身上濃烈的強者氣機，已經帶上悲哀的血腥之念，難怪……難怪A高中會毀滅……也只有恢復實力的你或是怪物君，有殺死輝夜姬的資格。」

我不清楚棋聖怎麼會知道輝夜姬的死訊，但聽到「悲哀的血腥之念」這句話時，我的心頭微微一沉。但現在沒有時間與對方閒談，我立刻追問關鍵消息。

「A高中到底怎麼了？廢話少說，快解釋!!這一切的崩毀與災難究竟能不能挽救，你與飛羽……為什麼會在輝夜姬的房間，那顆散發強光的水晶球又是怎麼回事!!」

事發緊急，站在高處臺階的我，居高臨下朝著棋聖低喝。

我轉頭看向飛羽。竭力想將手掌貼上水晶球的飛羽，似乎正承受某種劇烈的反震，導致他再次吐出一口鮮血，表情也越來越痛苦。

聽聞我的問話，棋聖則是微微冷笑。

「事到如今，告訴你也無所謂……這巨大的城堡，是由『轉轉城堡君』這道具所建築構成，你知道這點吧？」

「我當然知道!!」

「聽好了，柳天雲……『轉轉城堡君』原本是B高中的祕密道具，是專門為強大寫作者設計的最強之盾。原理是以寫作者的『強者之意』做為擴張領土的基礎，強者之意越厲害的人，能夠形成的建築也更加恢宏壯大。如果讓一名普通學生來使用，恐怕只能創造出一間狹小的磚塊屋……換句話說，想創立讓A高中數千名學生都居住的堡壘，也只有輝夜姬有這個資格……於是輝夜姬持有了『轉轉城堡君』的核心，親手打造出讓所有人安心生活的樂園。」

盤坐在地的棋聖，說到這又開始咳嗽，他連吐出的唾液中都帶著血沫，顯然受傷很重。

等他停止咳嗽後，我繼續追問。

「……說下去。」

於是棋聖又沙啞著嗓子道：

「但是，源於B高中的祕密道具『轉轉城堡君』，當然也只有原本是B高中領袖的老朽知曉所有作用。這道具雖然能打造出固若金湯的堡壘，但副作用也同樣巨大……當這最強之盾被人攻陷，也就是核心的持有者輝夜姬身亡時，因為做為根基的『強者之意』失去控制者……被擴張得無比巨大的堡壘將搖身一變成為致命的墳地，迅速展開自我毀滅……」

棋聖看向我，嘴角終於還是露出得意之色。

「當然，這一切輝夜姬並不知曉。如果那女人知曉這一切，在最終一戰前就不會想冒著生命危險去與你拚殺了吧。哈哈……強如你們，終究有不及別人的地方!!老朽沒有全盤皆輸，老朽的『以局困人』之道……沒有徹底失敗!!你們還是沒能跳脫老朽的計算，哈哈哈……哈哈哈哈哈……」

像是要將多年來的怨氣一口氣發洩出來那樣，他越笑越是瘋狂，越笑越是淒厲……但那笑聲，卻掩不住他這個人的悲哀。

直到現在，棋聖都以為輝夜姬的死亡，是因為我們兩人想要讓自己的高中得勝，在生死搏殺下所造成。執迷不悟於「以局困人」之道，與悲哀相伴的他，當然也只能得出這種結論。

像是從我的默然中，尋求到了渴望多年的勝利那樣，棋聖撐著地板勉強站起，接著對我冷笑：

「現在好了，輝夜姬那女人一死，隨著『轉轉城堡君』的開始自我毀滅，大家也都得死。但柳天雲，有你陪葬，老朽也是不枉此生……哈哈……哈哈哈……」

我懶得理會棋聖，只是看看在水晶球前痛苦掙扎的飛羽，思考幾秒鐘後，對眼前的局面，產生大概的瞭解。

……也就是說，輝夜姬的死亡會帶來「轉轉城堡君」的崩毀，所有居住在上的生物都無法倖免於難。而輝夜姬居所內的那顆水晶球，應該就是「轉轉城堡君」的核心，飛羽看起來正在想辦法阻止核心的滅亡，但效果並不甚佳。

就在這時，大概是棋聖的笑聲引起飛羽的注意，正在水晶球前痛苦掙扎的飛羽，扭過頭，看見站在門口的我。

他立刻雙眸變得通紅，厲聲咆哮：

「柳天雲!!你還有臉出現在這裡!!輝夜姬公主為什麼去C高中之後就離開了人世？是你下手的吧？也只有你有那份實力與動機!!我要殺了你——絕對要殺了你——!!你們必定還用了某種陰謀詭計，否則輝夜姬公主不可能輸的……不可能會輕易死去……還給我……把輝夜姬公主……還給我……」

他的咆哮到後來，聲量越來越低，最後轉變為細不可聞的哭腔。一直以來都在眾人面前使勁逞強的這個男人，此刻卻脆弱到像是隨時會彎腰折倒的稻草。

在這時，我才看見飛羽的雙眼早已哭得紅腫。他的問話與神態，像是要噴出火來，又帶著難以掩飾的痛苦與傷心。

但是更加引人注意的，是飛羽身上那濃烈的絕望之意。這絕望讓他身上原本的強者氣機變得黯淡……讓他變得像一具失去了生存目標的空殼，這感覺……似曾相識。

「你……」

仔細辨認飛羽身上的氣機，我內心一沉，明白究竟是怎麼回事，又為何我會覺得似曾相識……

「你的道心……破碎了……」

當初，我的「本心之道」上曾經布滿無法修復的裂痕，面臨崩潰的邊緣，實力再也無法寸進。那時我也徹底陷入絕望，為了進一步獲得強大的力量，才會試圖走上「無我之道」。

而飛羽此刻的絕望，甚至比我當時還要更加濃厚，充滿無法抑制的黑暗……這絕望讓他的道心徹底破碎，彷彿代表生氣的靈魂也被抽走了那樣，現在在這裡的，只是一具殘存過往意志的軀體。

此時在我身後的棋聖冷哼一聲。

「明白輝夜姬死去後，這個男人就瘋了，流著血淚大哭大叫，他明明知道『轉轉城堡君』的毀滅是無法逆轉的，卻還是非要拉著老朽來這裡，逼老朽幫忙阻止核心的滅亡。」

聽到棋聖的話，內心傳來窒息般的感受。

……我明白。

……我明白的。

飛羽為什麼會瘋，道心為什麼會破碎，他又為什麼會出現在這裡，做出徒勞無功的掙扎……

「飛羽……以守護輝夜姬為己任的你……多年以來，走的是臣為君死的『騎士之道』。在輝夜姬死去的此刻，你的道……已經失去了存在的意義，內心世界的陽光也會隨之黯淡……這就是圍繞你周身……那無盡黑暗的由來……」

看著狀似癲狂的飛羽，一邊不斷吐血，卻堅持伸手按向「轉轉城堡君的」核心抵抗反噬的同時，我的內心也感到無比酸楚。

「……可是，你也比誰都瞭解——瞭解輝夜姬的『守護之道』，是想要保護A高中的所有子民。所以……哪怕你的道心已經破碎，內心世界被黑暗徹底覆蓋，你依舊追循著過往的光明……也就是輝夜姬想要走的道路，才來到了這裡。行屍走肉的你沒有成為無法行動的空殼，就是因為……你想要貫徹輝夜姬的信念，想要守護……輝夜姬留下的最後意志!!

「……因為這間城堡，所有遺留下來的A高中子民，也等同於輝夜姬意志的延續。

「所以你才會如此執著，才會不惜一切代價，也要逆轉……『轉轉城堡君』的毀滅!!」

明白一切後，望著飛羽的背影，我是又驚又佩。驚訝的是飛羽展現出來的韌性，佩服的是他哪怕道心碎裂成為空殼，也可以靠著殘存的信念，來到這裡，守護輝夜姬留下的一切。

我很少認可一個人，但此刻，我無法不認可飛羽的「騎士之道」。

「真是個……從頭到腳都由信念組成的男人啊……」

此時飛羽再次吐出一口血。

飛羽的傷勢不斷加重。看著那顆不斷發出強光的水晶球，我沉吟片刻，沒有輕舉妄動，而是轉頭看向棋聖。

「喂，給我好好說明。為什麼你剛才說『轉轉城堡君』的毀滅無法逆轉？」

「……」

棋聖這次並不答話，而是嘴角上揚，發出他招牌式的冷笑。

這傢伙在錯誤的時候展現自己的冷漠，讓我眉頭一挑。

於是我轉身，逐級走下階梯，同時慢慢凝聚起自己的強者之意。

「棋聖……過去有很長一段時間，我始終不理解，為什麼與怪物君交手過後，許多寫作者道心都崩潰了，變得瘋瘋癲癲，再也無法提筆寫作。」

聽到我忽然提起怪物君，棋聖面色一凝，望著我，沒有開口答話。但是我的進逼顯然讓他產生警惕，他想要後退，背脊卻靠到了石壁上。

我盯著棋聖的雙目，一直望進了他內心深處，看見他的戒備與恐懼。

接著，我繼續說下去：

「……但是，最近我終於明白了原因。怪物君實在太強……早在接近一年前，也就是六校之戰開始的起點，就達到了不可思議的強度。當初的怪物君，憑藉著自己的『道』，將強者之意凝聚起來……在對戰中，他將意念幻化為刀，斬碎所有對手的道心，所以那些對手才會陷入絕望，變得不像從前的自己。」

我與棋聖的距離越來越近……越來越近。

距離十步。

五步。

棋聖已經退無可退。

「……而現在，我已經否定在『問心七橋』裡能獲得的虛假強大。在那裡，我也回歸本心，與自己的朋友們逐一交戰，朋友們拯救了我，並使我的『本心之道』慢慢痊癒，得到進一步的可能性……所以，現在我也可以辦到同樣的事。」

在兩人剩下三步距離時，我的雙手慢慢合十。

在我的視線中，原本被火光染得通紅的天空，有一把巨大的虛幻之刀開始慢慢浮現。這意念之刀體積太過龐大，占據了半片天空，帶起逼人的狂暴氣勢，連熊熊火光也顯得相形失色。

這刀……純粹是由意念所組成。在虛幻的「問心七橋」的試煉裡，我曾經憑依此刀，以虛化實，以實破虛，斬掉了整個世界。

只是與虛擬世界中不同的是，此刻這把意念之刀只有我……以及棋聖看得見!!

輕小說家之間，可以透過氣勢交戰影響彼此的情緒，這是早就在無數交戰中被證明的事。所謂的意念化刀，說穿了，就是將這一步走到了極致，在對方的主觀裡產生某種幻覺。

但，哪怕是幻覺，那也是刀！

這刀，足以斬掉虛幻世界，足以……斬掉對方內心引以為傲的「道」!!

棋聖猛然抬頭，視線透過螺旋階梯的窗口往外看去，他看見了天空中巨大的意念之刀，露出無法置信之色，臉色已經嚇得發白。

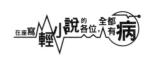

意念之刀帶起無邊氣勢，即將斬掉的，除了棋聖的道之外，還有他內心僅存的勇氣。

於最後，我對著棋聖沉聲大喝：

「憑藉『以局困人』之道，你不知道犯下過多少罪孽……如果到了這時，你還不肯坦白解釋，稍加彌補你的過失，那我就斬掉你的『道』，直接詢問你的本心!!」

語畢，巨大的虛幻之刀，如同閃電般落下。

那刀劃破了虛空，穿越了塔頂，無視一切阻攔，朝著棋聖正面斬落！

「——啊！！！！！！！」

就在意念之刀穿越了所有，即將要斬到棋聖頭頂之時，他忽然抱著頭，發出殺豬般的大叫，一直以來始終維持的傲慢，在此刻徹底消散。

像棒球選手救球那樣撲到我的腳邊，棋聖的四肢一起落地，朝著我恐懼地低下了頭顱。

「——我說、我說、我什麼都說，不要斬掉我的道……饒過我、饒過我、饒過我——!!」

連聲音都變得尖銳扭曲，曾經不可一世的棋聖，現在卻成為搖尾乞憐的可憐蟲。

「……」

我微微一嘆，意念之刀立刻停滯於虛空，刀尖離棋聖的頭頂，剩餘不到一公分的距離。

與此同時，我原本合起的雙掌分開，伴隨著強者之意的收斂，意念之刀也緩緩消散在空氣中。

高高在上俯視著棋聖，我的發言極為簡潔。

「說！」

險些被斬去自身的「道」，棋聖仍心有餘悸。他趴在地上的四肢不斷顫抖，最後腿軟坐倒在地，臉色蒼白地望著空處。

過了一下子，棋聖終於緩過氣來，對我開口解釋「轉轉城堡君」的真相。

「先前也提到，輝夜姬居所內的水晶球，也就是『轉轉城堡君』的核心……這道具的運作原理，是由使用者將自身的『強者之意』注入核心內，藉著強大的力量來擴張領域，形成能夠護衛四周的堡壘。但如果使用者身亡，原先傾注在裡面的『強者之意』就會變成無主之物，在失去控制的同時變得狂暴化，反過來摧毀堡壘本身……這就是A高中城堡崩毀，面臨災難的原因!!

「如果想要逆轉毀滅，消弭災難……唯一的方法，就是讓『轉轉城堡君』的核心再次穩定下來!!」

說到這，棋聖指向房間內透出的強烈白光。

「——但是，就像剛剛說的那樣，輝夜姬生前所留下的強者之意並沒有消失，只是變成無主之物失控、試圖摧毀一切而已。那如同烈日般的白光，就是輝夜姬生前強者之意的具現化體現!!只要無主意志還存在的一刻，『轉轉城堡君』的核心就永遠

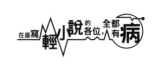

不會穩定，只能步步邁向滅亡!!」

「老朽與飛羽，正是為了驅逐核心內殘存的意志，讓A高中得以留存，才來到了這裡……只是幽居高塔上的輝夜姬，哪怕因身體不佳，無法辛勤練習寫作，實力仍然遠遠超乎老朽的想像……那是違反了常理的強大，就算只是她生前遺留下來的強者之意……依舊輕易擊垮了老朽，在觸碰水晶球的剎那，我的道心險些失守，如果不是撤退的速度夠快，恐怕老朽的『以局困人』之道將就此毀滅，在那狂暴的意志侵襲下，甚至連性命都會有危險……」

此時棋聖慢慢爬起身，不屑地看向飛羽的背影。

「而飛羽那傢伙更不可靠，他原本明明很強，就算不能驅逐核心內殘存的意志，也能讓其變得穩定，爭取一些時間……但知道A高中的毀滅，也代表輝夜姬已經身亡，他的道心卻立刻碎裂。但就算是這樣，他還是掙扎著前進，想依靠那殘破的道心……拯救輝夜姬留下的A高中。」

棋聖的解釋，結束了。

我怔怔地聽著棋聖的話，內心有驚訝，有敬佩，但更多的是帶著傷感的複雜。

直到現在，我才明白事情的來龍去脈。明白了棋聖為什麼會踉蹌從房間裡跌出……也明白了，飛羽為什麼不斷受傷吐血，被隱形的力量逼得不斷後退，也掙扎著想觸碰那顆水晶球。

我扭頭看向飛羽。飛羽的背影被籠罩在強烈的白光中，藍色長髮無風自動。道心已經碎裂的他，拚命伸出手探向水晶球的倔強身影，在這一刻比任何事物都還要堅強。

棋聖也看著飛羽，冷冷道：

「哼……如果是老朽，才不會因為別人死去就道心崩碎，那傢伙一點也派不上用場!!真是個廢……」

砰!!

棋聖還沒說完話，就被我重重一拳摜在臉上，往下面的階梯不斷滾落，摔成頭下腳上的狼狽模樣。

甚至懶得查看棋聖的下場，我迅速轉過身，大踏步進入輝夜姬的居所。

……白光。

……如同太陽般耀眼的強烈白光!!

在我踏入輝夜姬居所的那一瞬間，「轉轉城堡君」的核心彷彿啟動某種防衛機制，由強者之意構成的強烈白光，立刻對我展開攻擊。

「這是……」

在身軀被白光淹沒的剎那，眼前也逐漸浮現幻覺。眼前恍若是一片正颳起驚濤

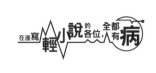

駭浪的大海，終點還遠在視線不可及的彼端……而我僅僅乘著一葉孤舟，手頭甚至連一柄槳都沒有，卻想橫越這片狂嘯之海!!

這幻象太過真實，坐在孤舟上的我，甚至可以感到海水沁透衣衫的冰冷，那層層疊疊不斷湧來的惡浪，更是不斷把我往後推，推離那本來就遙不可見的終點！

就像我以強者之意，在棋聖的視線中製造出虛幻之刀……水晶球內殘存的無主意志也辦到了相同的事，但這股力量更加恢宏浩大，神威凜凜……以意志成就大道，再以大道開闢虛幻世界，只有強大到極致的輕小說家，才能達成這種奇蹟。

大海，狂風，惡浪，這時一道至少十層樓高的巨大海浪，撲天蓋地向我席捲而來。這浪實在太大，帶著彷彿要淹沒一切的氣勢，將我視線中的天地盡數取代。

這浪只要一打下，孤舟肯定會翻覆。我在現實世界中的身軀，大概就會像之前的棋聖一樣，踉蹌地跌出輝夜姬的居所。

此刻逆著狂風，迎著惡浪，我的雙手快速成掌，按在孤舟的底部。

「決然之壁，起!!」

一面同樣有十層樓高的隱形氣牆，藉著我的強者之意揮散，如風般豎立而起，攔在了海浪與孤舟的中間。

嘩啦啦啦啦——

發出震耳欲聾的巨響，海浪撞在隱形氣牆上，最後盡數沿著氣牆滑入海中，重新成為推動波濤的動力。那海浪的力道實在太大，差點就擊破我立起的防禦。

「防禦住了，可是……」

可是，僅僅只是一擊，就讓我胸口氣血翻湧，感到極大的痛苦。

而我身處的地方，還只是這次試煉的開始……浪濤最平緩的起點!!

將視線放眼海面，雖然看不見終點所在，但卻能看見遠處的情勢更加惡劣，有明顯可見的漩渦，有危不可察的暗流……也有孤舟觸之即毀的惡石，更有刮盡一切的巨大水龍捲。

見狀，我的內心有某處不斷下沉。

——我的意識已經被拖入虛幻世界中，如果「轉轉城堡君」的核心藏在這些幻象的考驗後，那麼……究竟需要多強大的力量，才有讓一切平息的資格!!

「但哪怕再困難，我也不能放棄。」

「……因為，我已經答應過了輝夜姬，要替她守護這裡……守護A高中的子民!!」

面臨那險惡波浪，我深深吸了一口氣。

「——決然之翼，造!!」

語落，在雙手合十的同時，一對發出微微藍光的翅膀被安插在孤舟的兩側。雖然礙於某種力量的限制，這對翅膀無法載著孤舟起飛，但卻可以在海裡划動，成為強大的推動力，無疑比之前的情況好上許多。

操縱孤舟直線前行……前行，越過無數波濤，以「決然之壁」又抵擋數十次驚天海浪後，這時候我已經感到胸口一陣煩悶險惡，有種隱隱約約快要吐血的感受。

「原來如此……難怪現實世界中的飛羽會不停吐血……這海浪的攻勢連綿不絕，一次比一次更強，彷彿無窮無盡!!如果久待於此，再怎麼樣的強者也會被生生拖垮，直到油盡燈枯!!」

明白時間寶貴，我不敢怠慢，一拍舟身，促使孤舟不停前進。孤舟猶如一條疾游的海龍，在水面上的速度逐漸加快，船尖破開道道水浪，聲勢驚人無比。

首先我抵達了漩渦海區，在這裡我停下，視線隨著波浪上下起伏，冷靜觀察情況。

「這密密麻麻的漩渦群，究竟要怎麼避過？」

在漩渦海區的海面上，浮著數千道急速旋轉中的巨大漩渦，那漩渦實在太多太密集，就算再怎麼仔細觀察路線，也找不出能讓孤舟安全穿梭的海道。

「也是，『轉轉城堡君』核心裡留下的，本來就是失去控制的無主意志。這意志在狂暴化後，變得想要毀滅所有，當然不會留下破綻，讓別人能輕易接近自己。」

「這樣的話……就只能……」

……就只能硬闖過去了。

假設那無主意志……是憑藉強者之意創造出虛幻世界，生出無盡大海，布下海上的千道漩渦——那麼，能解除眼前困境的方法，無疑也只有相同的手段。

「也就是說，得用強者之意……來對抗強者之意。

「如果仔細觀察，所有的漩渦都呈順時鐘方向流動，那我只要以同等的力量使其逆流……那漩渦就會歸於無形，恢復為正常海面，讓出通往前方的道路!!」

於是我呈現跪姿，將半個身體探出海面，以手掌貼向海面。

在冰冷的海水接觸掌面的瞬間，我能感受到整片大海裡充斥著屬於無主意志的力量，正是這力量在改變著天象，阻撓我的去路。

「別阻擋我……讓我過去!!」

在毫無保留地將自身所有強者之意送出的剎那，在那幾乎連話聲都能吞掉的海上暴風中，我拚命發出高喊。

——!!

如果將無主意志的力量比喻為白色，這無垠的雪白裡，忽然有一股淡藍的力量沁入，並慢慢暈開了。

雖然淡藍的規模並不如原生的白色，但也足以改寫一方天地……導入屬於自己的意志!!

「強者之意——逆！」

在我的強行干涉下，海面開始了扭曲，原本順時鐘疾流的漩渦遭遇了相反方向的力量，兩者互相角力後，激起了漫天水幕。衝突的力量實在太強，導致水幕直沖雲霄，在落下時，整個世界下起一場大雨。

滂沱大雨很快染透了衣衫，在沉默中，我抹去臉上的雨水，然後看向前方。

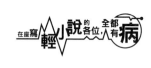

漩渦海區已經散去了十之七八，被清理出一條直通前方的大道。

「然而……」

我看向剛剛抹去雨水的手掌。

在那手掌上，除了雨水外，還帶著一抹殷紅。

我吐血了。

正面接觸輝夜姬生前留下的力量，畢竟還是讓我造成了傷勢。

「……」

操縱孤舟橫渡海面的同時，面對虛幻世界中的浪濤，我也慢慢升起一些疑惑。

「險惡的漩渦區、惡石區、龍捲區，以及起點的平流區……假如將這世界簡單分類為四大區，也就是說，漩渦區只是無主意志的部分力量。僅僅只是部分力量，就可以跟我戰得不相上下，將我震得吐血，這無主意志……怎麼會這麼強？」

在「問心七橋」中，我曾經直接打敗輝夜姬本人，雖然有拖入延長戰獲勝的取巧行徑，但畢竟還是贏了。

而現在，面對殘存下來的意志，甚至還不是這意志的全部力量——與之相鬥的我卻感覺無比吃力，實在令人費解。

可是，無主意志是輝夜姬生前所留下，理論上來說，如果輝夜姬的強者之意如此驚人，那在「問心七橋」裡，即使我取巧了……她也能輕鬆戰勝我才對。

如同迷霧般的疑惑，籠罩我的心頭。思考過後，依舊得不出答案。

但是礙於緊迫的時間壓力，我無法多想，只好謹慎地繼續前進。

緊接著，我遭逢的是惡石海區。

在這裡，乍看之下海面上一片平穩，甚至比現實世界裡的大海還要寧靜，但如果仔細一看，海面下有無數不規則形狀的暗礁惡石高高聳立，銳利處透出的肅殺之意，甚至讓人聯想到森冷的名刀。

「這孤舟看起來並不堅固，如果底部觸及暗礁的話，恐怕會立刻解體……」

我站在船尖處，透過幽森的海面打量那些暗礁，再次展開思考。

「與之前『漩渦區』能被改變流向的海流不同，這些暗礁沒辦法取巧避開……可是如果用意念之刀去斬，暗礁的數量又實在太多，硬碰硬去清除，不知道要花費多久時間……」

那麼……該怎麼辦呢？

平流區與漩渦區我都克服了，但是面臨前所未有的難關，我卻躊躇不決，一時想不出對策。

這時候，天空開始降下大雨。與成片的水浪不同，雨點密集且暴烈，打在肌膚上隱隱生疼。

抬頭看去，陰暗的天空裡雲朵密布。但在那無數烏雲裡，卻隱隱有一條隙縫透出陽光的餘暉。那隙縫，就像上蒼緊閉的眼睛那樣，現在正流下無數淚水那樣，充滿悲傷之意……而颳起的嗚嗚海風，也與那雨點暗合，聽起來像是傷心時的哽咽聲響。

沉默片刻後，我看向天空。雨水打進我的眼眸裡，但我沒有閉起雙眼，而是直視上方。

「無主的意志啊……你正在哭泣嗎？面臨進退兩難的挑戰者，你本應志得意滿才對……這不帶歡愉之意的淚水，充滿悲意的嗚嗚聲，又是從何而起，為何而來……」

我嘆了口氣。

「進入這個世界後，我產生很多疑惑。有了對輝夜姬實力的不解……有了對此地的不明白，現在你流下淚水，則更加讓我迷惘。」

在說話的同時，我的雙手慢慢合十。

「……可是，我無論如何都想完成輝夜姬守護A高中的遺願，必須要通過這裡。所以……對不起了，請你讓出道路來!!」

雙手合十的瞬間，哪怕我雙手的指縫都緊緊閉上，其內依舊透出強烈的藍光。

那是強者之意發揮到極致時，所透出的藍光。其氣息正大浩瀚，光芒外散萬丈，在這個陰雨連天的汪洋世界裡，產生了不屬於此地的醒目光輝。

在強烈的萬丈光輝中，我的聲音也被無止盡的擴大，有如雷轟電閃，響遍整個天地。

「無主的意志啊，你曾經是依附在輝夜姬道心上的意念，此刻成為無主意志的你，所創造出來的世界也確實廣闊浩大，常人難以企及……

「但你就算再怎麼強大，也無法跳脫寫作上的原理。道心是由嚮往文學的思想逐漸轉變而來，依附輝夜姬道心而生的你……所締造的世界，當然也無法劍走偏鋒。

「如果說每篇小說都是獨立的世界，那麼，依循一文一世界的原理……這個世界的構成，也只能容納一個意志的存在。

「或許我的強者之意無法超越這個世界的整體，所以影響無法及遠，但如果只以一小塊區域、以一部分強者之意做為對手，那麼……我就可以做到改寫周遭──」

話及此，我一字一頓，每一句話都堅定無比，話聲有如金鐵交鳴，帶著破釜沉舟的毅然。

「──改寫周遭的環境──改寫此地的規則，以我的道心，以我的強者之意進行再構築，來取代這個世界的一角!!」

語聲落下的瞬間，我右手成指，以指代筆，在半空中奮筆疾書，在虛空中留下如閃電般的明亮刻痕。那無盡刻痕道道紛飛，舞動著散向四方，最後如同咒文般排列成深奧難懂的語意，融進整片惡石海區的範圍中。

也就在那無數刻痕的力量，將整片惡石海域串聯的瞬間……天空中，在那紛亂雨點之上，雲層裡原本像是眼睛的隙縫，在這一刻驀然睜大。

像是無主意志突然清醒過來，並睜大眼睛向我看來那樣，整個世界都產生微微震動，一股古老滄桑到了極致，彷彿已經存在數萬年的氣息也慢慢復甦。

那是無主意志的氣息與威勢，光是稍微觸及，就足以使弱小的輕小說家發顫，失去再戰的勇氣。

我當然也感受到了天地間的變化，但我沒有停下動作，手中依舊在飛速落下刻痕，在這時終於將最後幾筆畫完，筆勢一按、一提、一走、一收，最後逆向劃出足以直上青天的一捺，終於將所有環節串聯而起。

做完這一切後，我將雙手負在身後，慢慢踱步到船的末端。

「我以封禁斬斷這海域與周遭的聯繫，再以轉折取代其中的變化，最後以『本心之道』的道心做結尾，將嶄新的可能性繫於其上……換句話說，這一個區塊的考驗，已經結束了。」

彷彿在替自己的行徑賦予信心，又好似在向半空中、代表無主意志的那隻眼睛做出解釋……以不慌不忙的語調述說一切，我迎著強烈的海風，淡然地環視已經被閃電刻痕覆蓋的惡石海區。

半空中的眼睛這時已經完全清醒過來，它直視著我，在帶有被冒犯的怒氣的同時，目中也忽然露出一絲迷惘。

無主意志目中的迷惘，沒有被我錯過。但我沒有時間細細體會其中的涵義，只是伸出手，以手心朝著下方……朝著整個惡石海域凌虛按落。

「封・轉・結!!」

在我手掌按落的瞬間，所有覆蓋在惡石海域上的閃電刻痕，一起爆發出眩目的湛藍光輝。那光輝之強烈，彷彿足以讓整顆星球都瞬間亮起，耀眼到難以直視。

接著，我發出一聲低喝。

這低喝，同時也是替惡石海域劃上休止符的信號。

「——再造世界!!」

……疲倦。

強烈的疲倦化為暈眩感，讓眼前的景象變得模糊。催動強者之意需要消耗體力，而一口氣改寫惡石海域，已經讓我的體力到達極限。

但拚命的努力，也獲得顯著的回報。

原先亂石嶙峋、危機暗伏的惡石海域，被變化為普通的海域，駕駛技術再差的新手，也能讓船在其上輕鬆航行。

「也就是說……這一關，我已經過了。」

在孤舟慢慢橫越惡石海域的同時，我再次看向天空上，那隻由雲層組成的眼睛。

不知為何，彷彿代表無主意志的眼睛已經再次闔上，陷入深沉的睡眠中。

「這個世界的意志，先前曾流露出迷惘。

「已經是無主意志的你……難道也有情緒存在……難道也懂得思考……

「如果你懂得思考，身為輝夜姬曾經的強者之意，為何要摧毀A高中……又為何……執著於讓接近你的所有人，都得接受考驗……」

從搭乘孤舟以來，在這個虛幻世界裡，我已經累積了太多疑惑。

在無法獲知真相的默然中，孤舟終於跨越惡石海域，來到新的航段，同時也面臨最後的難關。

……龍捲海域。

在即將抵達龍捲海域的地理位置，已經可以隱約看見極遠處的海上，正發出「轉轉城堡君」核心的純白亮光。那亮光太過顯眼，就像指引旅人的燈塔那樣，成為無垠大海裡唯一的目標。

「看來，只要再渡過龍捲海域，就可以接觸到這個世界的本源……也就是『轉轉城堡君』的核心。如果能到那裡，或許就可以逆轉A高中正在毀滅的死局。」

當然我的推論不一定正確，有可能「轉轉城堡君」的核心一旦開始毀滅城堡，就無法中途停下，但此刻如果不奮力一試，又怎麼能對得起輝夜姬，對得起自己的道心？

不過，這片龍捲海域，看起來不好通過。

這片龍捲海域幾乎看不見海面，與其說是海域，不如說是水龍捲風的群聚之地。彷彿能將一切都絞殺殆盡，無數張狂暴烈的水龍捲，毫無疑問是這個世界裡最大的凶神。

光是看，就能讓人明白一件事——這裡要過關的難度，可能會是漩渦海域與惡石海域的加總。漩渦海域無法避開，而惡石海域無法靠蠻力斬盡……而眼前的龍捲海域，兼具前兩片海域的特點，要通過此地可說是難如登天。

我彎腰探出船外，以掌心掬起龍捲海域的海水，感受其內的變化。

「很明顯，這個海域蘊含的強者之意……也比之前兩片海域還要深厚，看來這個世界裡的強者之意，並不是平均分配的。一旦接近代表終點的『轉轉城堡君』核心，在天險的防禦下，任誰都會變得寸步難行……」

在持續不斷的大雨中，我的瀏海已經沾溼黏在額前。將瀏海撥開，看著肆虐前方海域的無數道水龍捲。那水龍捲的破壞力強橫到無法估量，將整片海域的光線變得無比扭曲，彷彿在那浩蕩威能下，連光都無法倖免於難。

此時，感受著自己乏力顫抖的雙腿，內心也慢慢升起了複雜情緒。

好不容易航行到了這裡，可是……

「可是，我的體力已經不夠了……沒有辦法再催動一次改寫世界的威能。」

這個世界的所有考驗，就像一把能夠測量出實力的尺……在惡石海域的末端，也是龍捲海區的起點，憑藉自身的實力，這裡已經是我能抵達的最遠處。

在苦笑的同時，透過一路走來的見聞，我也慢慢想通了一些事。

「……刪去所有不可能的選項後，只有這個可能性了。」

難以抑制地，我發出了嘆息。

「這個虛幻世界，僅僅是輝夜姬生前殘存的意志所構成。這意志還不是輝夜姬全部的力量，但我卻無法通過這個世界的考驗……也就是說，輝夜姬生前的實力，比起現在的我還要強上很多很多……」

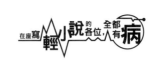

「換句話說，在『問心七橋』的交戰裡，我只知曉其然，卻不知其所以然……」

「只知曉其然，卻不知其所以然」這句話用在這裡的意思是：我只瞭解輝夜姬比我強，卻不知道她究竟比我強出多少。

曾經我以為，既然我能擊敗輝夜姬，就算夾帶取巧成分，我與她的差距也應該並不大。

現在仔細想來，那推斷是多麼的脆弱不堪，所以先前我才會苦笑。

但是這苦笑中，也夾帶著逐漸明瞭事實的悲意。

「輝夜姬的才能並不亞於我，幻櫻、輝夜姬，以及我……三個人擁有處於同一水平線的天賦……

「如果擁有相同程度的努力則另當別論……但是，中學時期曾封筆數年，再加上我的『本心之道』始終沒有圓滿，這樣子的我，實力理應遠遠不及輝夜姬……

「且在『問心七橋』中，我與輝夜姬交戰時，仰仗的僅僅是斬掉六情的『無我之道』，靠著殘缺的旁門左道，又怎麼可能戰勝道心圓滿大成的對手……」

我仰頭看向天。

……難怪，在這個世界下起滂沱大雨時，我會觸景生情，分不清這是淚還是雨。

……難怪，這個世界的無主意志，在看見我的時候，會露出一絲迷惘。

因為所有問題，所有的困惑，都指向同一個答案。

「……在『問心七橋』中的交戰，輝夜姬並沒有使出全力。」

「……她為使我的道心獲得痊癒的可能性，也為了解救我瀕臨崩潰的內心，是故意輸給我的。」

哪怕知道在迷霧中，我看不見對面的敵人究竟是誰，很有可能會痛下殺手，輝夜姬依舊選擇了敗北。用她的性命……來換取我的新生。

現在回想起來，在迷霧中的那場船戰，輝夜姬從一開始就占據了絕對上風，但她船上的稻草人卻始終沒有把我的船擊沉，只維持在一個危險的局面。

正因為輝夜姬選擇以性命喚醒我的道心，這個世界的無主意志，看見我時才會露出一絲迷惘。

因為那一絲迷惘，既是困惑也是猶豫。只要它曾是依附輝夜姬道心產生的無主之意，那即使一度遺忘了所有，也能隱約憶起朦朧的記憶碎片。

——正是因為輝夜姬對於我的觀感，那純粹到極致的善意，才讓無主意志產生迷惘，選擇在我渡過惡石海域後，自行閉上眼睛，陷入沉眠中。

「……」

終於明白真相的當下，悲意瀰漫內心，但與此同時，想要完成輝夜姬遺願的想法，也更加強烈。

「輝夜姬……我答應過了，會替妳守護A高中的子民。

「所以哪怕妳留下的意志已經遺忘一切，違背本人的想法，反過來毀滅A高中，我也會替妳收拾殘局。」

首先，我必須渡過龍捲海域，抵達「轉轉城堡君」的核心處。

深呼吸獲得勇氣的同時，我的雙眼直視前方，望著眼前狂暴肆虐的龍捲海域，我沉默著思考可能的對策。

「……我已經沒有體力了，無法再次重現渡過惡石海域的奇蹟。

「而且，面對比前兩片海域更加危險的龍捲海域……即使我以全盛狀態來到這裡，能否成功橫渡，也是未定之數。

「……因為現在的我不夠強，所以無法戰勝輝夜姬道心圓滿時……所留下的無主意志，這也是理所當然的事。」

分析現狀，明瞭現實，頭腦比過去任何一刻都還要清晰。

過去那個身為獨行俠的我，習慣獨自背負所有，將一切罪惡都加諸己身……在這時候，恐怕會按著臉開始哈哈大笑吧。

但是，現在的我不會這麼做。

因為我已經不一樣了，已經轉變了，不會再重回那一無所有的孤獨中。那是令人恐懼的黑暗，即使登上無人可及的顛峰，映入眼中的，也只能是空洞的幽暗。

所以，我會另尋解決之道。用這一年來，在怪人社眾人身上得到的暖意，來點亮象徵光明的未來。

「……」

這時候龍捲海域上一道水龍捲險險地襲來，險些擦過孤舟，將我連人帶舟徹底攪碎。

而這樣的水龍捲，在眼前的海域密密麻麻存在可謂數之不盡，根本不可能避開。

——體力已經用盡，現在的實力也不夠，我要怎麼渡過這片海域？

這樣子的疑問，只在心裡閃過短短的一瞬間。

接著，面對著眼前的無數險惡，我微微一笑。

「……答案，不是早就已經有了嗎？

「在這裡，只能憑藉自己的實力渡過，而我礙於現在的實力不足，所以無法橫渡此地。」

會露出微笑，是因為腦海中逐一閃過了怪人社的夥伴們……幻櫻、雛雪、風鈴、沁芷柔、桓紫音老師，最後畫面停格在了輝夜姬小小的臉蛋上。

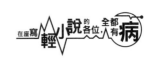

這一年來諸位夥伴給予的溫暖……幻櫻與輝夜姬犧牲性命所帶來的希望，我柳天雲……必定會將其化為轉機。

「現在的實力如果不夠……那麼，解決的方法很簡單。」

我望了望後方，又望了望前方，距離我不遠的這兩處虛空，如同水面逐漸晃動產生漣漪那樣——前方與後方，各有一道模糊的人影立於海面上，身影正緩緩變得清晰可見。

這兩道身影的輪廓，先是極端的模糊，漸漸變得可以辨別，形成男高中生的相貌。他們兩人的長相，世界上沒有人比我更加熟稔。

虛立於前方海面，表情冷酷絕情的，是「未來的我」——他走的是寫作之鬼的道路，可謂殺戮萬千。

虛立於後面海面，神情孤傲至極的，是「過去的我」——他走的是獨行之王的道路，徹底目空所有。

這兩人，也可以說是另外兩條不同時間線上的我。他們或是為了拯救他人，或是為了斬斷所有，透過某種玄機，於現在的我內心深處留下擁有意識的殘影。

為了變強，我曾經一度斬除這兩名幻影的存在。

當初，他們被我斬除的瞬間，臉上既有釋然的解脫，也帶著微妙的嘲弄之意。直到現在，我才理解那嘲弄的真正意義。

因為，他們也是我，又怎麼能真的斬得清，除得盡？只要我還是我，他們就永遠都會存在。

而在與他們分別的那段時間，我歷經太多過往，也明白許多曾經不明瞭的事情。現在面對這兩人，我已經有了新的想法，所以才會再次將他們重新喚醒，出現於此地。

「過去的我」與「未來的我」被重新叫出後，默默打量著我。如同我靜靜地觀察他們一樣，我們三人都是柳天雲，有著一樣的個性，當然此刻也會有相同的舉動。

最後我先打破沉默。

「我曾經的想法……並不完全正確，所以我的本心之道才一直無法圓滿……無法到達極致，到達前所未有的顛峰。」

聽見我的說話，「過去的我」與「未來的我」一愣。

「……所以？」

「那又如何？」

接著他們一前一後地回答，都是帶著不屑進行反問。

我可以瞭解他們的想法，從前口口聲聲說要斬掉幻影的人，現在卻開口說自己並不完全正確，會用這種惡劣的口吻答話，也是情理之中。

……只是。

我對著他們繼續說下去。

「晶星人降臨之後，已經過去了將近一年……這段期間發生了太多事情。幻櫻為守護C高中而死，輝夜姬也為拯救我的道心而犧牲，怪人社的其他夥伴，在我走『問心七橋』時，也拚了命的想要阻止我，想要喚醒曾經的我……

「但是，幻櫻、雛雪、風鈴、輝夜姬、沁芷柔、桓紫音老師，她們考慮的其實都是同樣的事——想讓我的笑容，獲得延續的可能性……想看見於痛苦中掙扎的我，能得到真正的幸福。為此她們付出了無數努力、拚了命地向前方奔跑，想要觸及每一絲微小的希望。」

說到這，我的話聲一頓。

我慢慢抬頭看向天空，「過去的我」與「未來的我」也隨著我的視線看去。在天空上，雲層深處，有一隻眼睛正在沉眠，那是輝夜姬生前的強者之意。哪怕理論上已經化為無主意志，應該要成為遺忘所有的存在，這意志在面對我時，卻依舊產生了迷惘。

我閉上雙目，輕聲發言：

「……我一直說自己要守護怪人社、要守護大家，但是其實，我才是被眾人所守護的那個人。」

「過去的我」與「未來的我」並不答話，他們只是默默地傾聽。他們知道我還沒說完，還有想要對他們傾訴的心聲。

我沒有睜眼，但我能聽見他們隱約發出一聲嘆息。

他們之所以會成為寫作之鬼，之所以會成為獨行俠之王，就是因為曾為無法忘懷的情誼感到痛苦，為了逃避，才躲到了心靈的堡壘中，將一切門戶都徹底封閉，藉此避免再次受到傷害。

而使我無法忘懷的情誼，與他們來自相同的源頭。所以他們哪怕再怎麼鐵石心腸，當然也會嘆息……也會染上感同身受的悲意。

就這麼閉著雙眼，我慢慢說道：

「……歷經這一年來的風風雨雨，我已經失去了太多，也成熟了太多。如果想要與大家互相扶持，就需要讓自己的道心圓滿，而我始終在思考『何為道』……為此不斷追尋答案……

「我一度認為，斬除你們，就可以讓道心圓滿，但人又怎麼可能將自己斬清除盡，最多只能壓抑罷了。所以我剛剛才說，自己過去的想法……並非完全正確。

「過去我幾乎遍尋整個世界，不斷追尋讓本心之道圓滿的方法……但在經歷失去珍視之物，曾經誤踏『無我之道』的現在，我終於明悟了……」

在這時，我睜開眼看向他們。

「──曾經我的追求，都只是捨近求遠。你們都是我……是情感走到另一個極端的我……而極端也代表不平衡，存在某種不完整，換句話說……」

始終默默傾聽的「過去的我」與「未來的我」，在這時露出驚訝之色，接著，像是想通了什麼，忽然露出微笑。那笑容，像是終於等到這些發言那樣，帶著他們不曾流露過的欣慰。

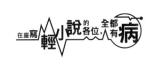

望著他們的微笑，我緩緩地道：

「——換句話說，對過去、現在、未來投以相同程度的重視，使情感完整後的整體……這，才是本心之道真正的面貌。

「這——才是讓本心之道圓滿的唯一途徑!!」

我一字一句，道破了多年以來始終無法想通的祕密。

小時候身為獨行俠，立於寫作界顛峰的我，其實本心之道也未曾圓滿，依舊有內心的弱點存在，所以我才會走向封筆，選擇了逃避。

而「過去的我」道心也存在破綻，所以才會變得崩潰發狂，只能居於幽夢中獨自流淚。

「未來的我」則是斬除一切弱點，讓自己的道心變得完美。但這行為本身的追求，就是讓道心變得殘破，所謂的完美只能是表面的假象。

小時候的我，過去的我，未來的我，都找不到使「本心之道」圓滿的道路，所以才會踏上歧路，選擇追求偏頗的強大。

……但是現在，我找到了。

……找到了真正的方法，找到他們一直苦苦追尋的大道途徑，所以他們才會在恍然大悟之後感到欣慰。

就在這時，我從懷中慢慢取出一物。

這個物體，是由數個小面具被紅色細線穿成一串，紅線末端以絲線結成一綹飄盪的紅穗，位於最上端的面具是紅紋狐面。

這是幻櫻給我的狐面墜飾，也就是透過它，我取回了記憶，想起過去的一切。

「……大概，也只有幻櫻提前看穿我的內心，明瞭我應該走向的道路。只有從小與我競爭的幻櫻，一直注視著我的幻櫻……可以提前悟出這點。

「從很久很久以前開始，我就覺得疑惑，幻櫻送給我的信物，為什麼是面具，又為什麼這些面具被串在了一起，卻讓人只能看見最上方的那一面……」

將狐面墜飾提到眼前，雨水迅速滴落到面具上，滑落到我的腳底。

「這個狐面墜飾，就跟我一樣……象徵的是所有虛假的追求。為了變強，我以虛偽的面具掩飾更多面具，將真正的內心想法藏於底下……選擇獨自承受苦痛，慢慢的，因為負擔太重，戴上了太多面具……終於，連我自己……都開始無法聽見自己的心聲。

「我也終於明白，在歷經千辛萬苦，穿越了時間線，來到這一次時間線的幻櫻……與我初見面時，為什麼她在與我交談時，始終陷入思考的沉默，又常常做出撥弄面具的動作，現在我也終於理解……

「她想要點醒我，讓我走上正確的途徑。只有撥開無數的面具的掩飾，以真實的心意面對一切，這樣才能成就本心，才能不傷害大家，才能與大家一起露出笑容……

「凝於晶星人女皇立下的規範，幻櫻無法明說，但她生前不斷暗示與提醒，將所有希望寄託於我身上，哪怕在臨死之前，幻櫻也以樹先生做為隱喻，希望我能在長久的沉寂後，找到自身的道路，得到花開般的圓滿……

「當初的我不懂，直到現在，我才終於體會其中的深意。

「幻櫻從一開始就已經計算到了這一步，計算到了終有一天我會覺醒……然後帶著圓滿後的本心之道，去實現當初與她的承諾……」

四周變得安靜下來，只有雨聲以及海浪聲。「過去的我」以及「未來的我」怔怔地望著我手中的狐面墜飾，他們表情無比複雜，數次張口欲言，但終究還是沉默了下去。

像是想隔著遙遠的距離握手那樣，我左手伸出朝向「過去的我」，而右手伸向「未來的我」。

「你們是我的過去與未來，肯定可以聽懂我的話。

「幻櫻斬除過去、奉獻現在、犧牲未來，換來的，是我這一次時間線上的新生。」

於最後的最後，我下定決心，沉聲道：

「與幻櫻所相反，我所要做的，則是肯定過去、擁抱現在、冀望未來——!!我不會再斬掉任何事物，也不會再以假象蒙蔽自己——」

在我說到這裡時，像是在呼應我的意志那樣，整個世界狂風大作，將我的話聲遠遠送了出去，甚至隱隱在整個天地間激起了回音。

那話聲，也在「過去的我」以及「未來的我」的耳中不斷迴盪。他們的表情逐漸變得訝異，那訝異又慢慢轉為吃驚。

「——你們本來就是我，是未竟的願望誕生的執念……那麼，你們的想法就由我來實現，你們想拯救的人就由我來拯救，你們曾經的遺憾就由我來彌補，你們未曾圓滿的『本心之道』就以我的雙眼來代替，幫你們見證那道路上的精采，所以——!!」

在最後的最後，將一切的想法吶喊出來，我拚了命地將聲音傳達到他們身邊。

「——所以，把你們的力量借給我!!」

為了正視過去與未來，我必須得到他們的認同。我彎腰朝他們伸出了手，在沉默中，滿是忐忑不安地等待。

在三方的沉默中，時間一分一秒過去。

「……」

過去的我原本驚訝地嘴巴大張，沉默許久後，他像是終於想通了什麼，微微一笑，慢慢虛踏於海面走過來，伸出手，與我的左手相握。

「如果違約的話，我可饒不了你。」

為了拯救幻櫻，一直以來於黑暗的內心世界裡獨自哭泣的他，在這刻彷彿終於得到了救贖。那笑容，讓我想起還未成為獨行俠之王的他。

而未來的我則露出冷酷的表情，歷經戰火的他踏波而來，在與我右手互握的同時，看了看阻攔在前方的龍捲海區，最終停留在「轉轉城堡君」核心所發出的光芒上。

最終，「未來的我」轉過頭，深深望了我一眼。

「去吧。」

言簡意賅的兩個字，卻道明了心意。

然後，「過去的我」以及「未來的我」開始變得模糊，化為點點白光，逐漸融入我的身體中。

第三章 **意志的繼承者**

無數白光不斷湧入身體，在全身形成道道暖流，一股難以形容的強大感覺，逐漸浮現於感官中。在那氣勢的影響下，甚至不需要刻意操控，外界原先肆虐的狂風暴雨，接近我時開始變得溫馴，彷彿正在主動示弱。

在輝夜姬離世後，我的本心之道獲得了痊癒的可能性。這就像一個原先回天乏術的傷者，終於病情看見了轉機，但要將深入膏肓的病灶拔去，依舊得進行長期療程才能康復。

所以哪怕在離開「問心七橋」後，我的情緒終於穩定下來，但是本心之道上的傷勢其實並未徹底痊癒，依舊滿布危險的裂痕。所以我的實力始終無法圓滿，也無法抵達自身的顛峰。

然而，在這無數白光的融入下，我感到「本心之道」的傷勢正在飛速好轉。就像時間被無止盡的壓縮了那樣，原本花費數年光陰才能治療的傷口，此刻正在短短幾秒內快速進行痊癒。

吐出一口長氣，我這時也明白了一些道理。

「原來如此……本心還需本心治，面對背叛了本心而產生的傷勢……那麼，重拾本心，也就是最好的特效藥。

「我一直以來苦苦追尋的極致強大，其實不用遍尋整個世界，不用依靠外力，也不用滅絕所有……

「因為真正的強大，就潛藏在我的內心中。

「過去、現在、未來，三種為了拯救他人的想法，因為太過執著，單獨行動都有其缺陷……只有將三種覺悟合而為一，才能夠綜觀所有，進而使得本心之道徹底圓滿!!」

這時白光已經徹底融入我的體內，本心之道就此宣告圓滿。這是其他的時間線裡，哪怕墮化為鬼、化為獨行俠之王，也無法企及的高度。

在無盡光芒融入身體的過程中，道心步向圓滿，體內的強者之意也跟著暴漲，周身散發出的氣勢也越來越強。但到了後來，白光快要融盡時，氣勢卻反而變得隱不可見，到了本心之道圓滿時，甚至所有氣勢已經都消失殆盡，這時候的我，在外人看起來就像個一個普通人。

然而，感受著隱藏在身體深處，那洶湧澎湃、近乎到了極致的無盡力量，我低頭看向自己的手，不禁一怔。

「這……難道是『那個境界』？」

桓紫音老師的右眼，是偵測輕小說家戰力的「赤紅之瞳」。戰力越強的輕小說家，在桓紫音老師看來，周身散發的光芒也越強烈……平常除了批改社團作業之外，她定期會觀看怪人社成員身上的光芒，藉此判斷社員的成長。

而桓紫音老師，曾經分別以「赤紅之瞳」看過怪物君與輝夜姬，他們兩人身為六校中最強的輕小說家，都是道心大成，令人驚才絕豔的天才。到了他們這種程度，返璞歸真，強者之意盡數內斂，反而看不出他們身上的光芒了，乍看之下與普通人無異。

而幻櫻在這一次時間線，能始終潛伏在怪人社中也是同樣的道理。也抵達返璞歸真之境的她，強者之意收放自如，是桓紫音老師無法看透的三人之一。但或許是桓紫音老師的直覺太過敏銳，又或許是幻櫻刻意為之，所以幻櫻依舊被挑選進入怪人社。

而現在，我也擁有了這種程度的力量，能將強者之意內斂，成為踏上返璞歸真之境的……第四人!!

在想通一切後，我緩緩抬頭，向面前的龍捲海區看去。

一道險惡的水龍捲在此時襲來，那前進的軌跡雖然不會擦中孤舟，但卻會使得海面不斷晃動，讓人站立不穩。

於沉默中，我投去平靜的目光。

原本在我眼中危險無比的水龍捲，僅僅承受了我的一道眼神，卻彷彿發出了人類無法聽聞的悲鳴聲，在震顫後徹底解體，化為水氣散向四方。

「我等待太久，也犧牲了太多，在今日……『本心之道』終於圓滿……」

在輕聲的嘆息中，我操縱孤舟前行，在龍捲海區中飛速穿梭。有如燒紅的鐵塊劃過奶油般，那無數的水龍捲不斷被孤舟破開，原先令人寸步難行的死亡禁區，此刻於我卻如履平地。

穿過雨幕，渡過海域，在不斷接近「轉轉城堡君」核心的過程中，能感到內心有某處原本空虛的地帶，已經變得填滿充實。那是原本缺角少塊的「真正的自我」，在獲得彌補後，所浮現的感受。

「過去、現在、未來……匯集這三大要素所組成的，也就是自我。唯有能夠面對自我的人，才有變得強大的資格。」

在強者之意變得更加渾厚的此刻，孤舟的前進速度比起之前快了數倍，只不過短短十秒的時間，龍捲海域就渡過了一半。

……很強。

……我現在已經變得很強了，不會再隨便受人欺侮，不會再輕易落敗倒下。幻櫻……輝夜姬，妳們能夠看見嗎？我會延續妳們未曾走完的道路，然後有一天，讓復活後的妳們，也能看看那前方的風景。

「所以……」

我的雙手「啪」的一聲合十，發出清脆的聲響。

在我雙手合十的瞬間，整片龍捲海域上的水龍捲，在一瞬間徹底蒸發。那無數上冒的水蒸氣，將厚厚的雲層沖開，原先陰雨連天的世界裡，天際頓時彎出一道璀璨的彩虹。

「所以……請妳們等我。我一定會取得願望，讓妳們也能露出幸福的笑容。」

曾經於「問心七橋」內度過六橋的我，已經是罕見的高手，在輕小說家的世界裡，足以稱雄一方。

之後，輝夜姬喚醒我的「本心之道」，我的實力又更進一步，達到差一點能自成虛幻世界的地步。

那時候，我的強者之意的規模，有如一條奔流不息的大河，只要源頭的水未曾枯竭，就能發揮出強大的實力。

而「本心之道」圓滿後的現在，我的強者之意則如同河川化海。再怎麼雄偉的河川，與大海之間依舊有著不可跨越的距離，那是不會被任何人錯認的巨大鴻溝，擁有本質上的差距。

「也難怪……我之前在『漩渦海區』面對無主意志，僅僅是以這個虛幻世界的一部分為敵，就勝得如此艱難……」

「因為輝夜姬生前的實力，超過我太多。哪怕只是她留下的無主意志，也依舊是返璞歸真之境的境界……」

於沉默中，我在很短的時間內思考完一切，孤舟也終於穿過龍捲海區，抵達藏有「轉轉城堡君」核心的海域。

這裡已經沒有任何危險的天象，漩渦、暗石、水龍捲，純粹是風平浪靜的海面。只是，在這片海域的正中央，有一團巨大無比的純白光芒飄浮於空中，並不斷散發照亮整個世界的強光。

而在這裡，我碰見了另一個人。

「飛羽……」

飛羽腳下也踏著一艘孤舟，他似乎不斷想要接近那一團純白光芒，但每當接近到一定範圍內時，光芒就會瞬間大盛，飛羽也會瞬間被彈飛到數百公尺外，這現象十分奇異。

每當被彈飛一次，飛羽就會噴出一口鮮血，身上也處處都是血管爆裂導致的傷痕。

隨著我的接近，我已經能夠看清飛羽。大概是聽見孤舟破浪而行的聲響，飛羽也轉頭向我看來。

「你……!!」

「你……!!」

在四目相接的一瞬間，雙方都是大吃一驚。

飛羽的驚訝，來自眼前看見的異相。在整片海域的水龍捲蒸發後，水氣形成的裊裊霧氣仍未完全散去，而我腳下的孤舟又極為迅速，如雷霆般破霧而出，一時之間聲勢驚人無比。

而我的驚訝比飛羽更勝數籌，眼睛不禁漸漸瞪大。

「你的身體……!!」

大概因為時常練習揮劍的關係，飛羽先前的體格即使稱不上健壯，那也相差無幾。但此刻飛羽的眼眶與臉頰都深深凹陷，臉色也蒼白無比，好似常年罹患某種不治之症那樣，已經瘦成了皮包骨。

因為過分瘦削，他身上幾乎已經被鮮血染成紅色的騎士袍，此刻已經變得太過寬大，在海風中不斷飄盪舞動。

但最為震撼人心的，是飛羽身上正飄散而出的白色光點。

……這白色光點，我曾經看過兩次。

幻櫻與輝夜姬在臨死前，都是化為白色光點逐漸消散。那些光點彷彿代表著某種留戀，在散盡的同時，此身也將不存於世。

或許在六校之戰中，死去的人都會化為白色光點消散……又或許是只有輕小說家中的強者，才會以這種方式離去。我不清楚答案的究竟，但是這並不妨礙我察覺飛羽身上透出的濃濃死氣。

那是將生命力與強者之意都徹底揮散後，彷彿已經窮途末路的死氣。

毫無疑問，飛羽……就快要死了。

「你為何……」

正當我下意識想要追問飛羽，傷勢為何如此嚴重，但看見飛羽一刻也不停歇的向「轉轉城堡君」的核心拚命接近的動作時，我卻沉默了。

「轉轉城堡君」核心的周遭，帶著非常強的防衛力量，遠遠不是之前那些海域可以比擬。每當飛羽被彈飛一次，無主意志夾帶的力量也在不斷重創著飛羽的身軀，這就是那恐怖傷勢的由來。

在這時，我也忽然想通一些事情。

「原來如此……」

在現實世界中的飛羽，已經接近到水晶球的跟前，甚至能夠伸手嘗試去觸及水晶球的表面。

換算成虛擬世界中的概念，他早就已經到達這裡。在我闖關花費的那些時間裡，飛羽一次又一次向「轉轉城堡君」核心發起衝近，被彈飛了數十次……還是數百次？每一次的彈飛都足以將人震得吐血，那是讓人不忍心去詳細計算的數字。

「我早已覺得隱約覺得不對勁……棋聖對我說，你的道心已經碎裂，這樣子的你……照理來說根本無法抵達這裡。別說來到『轉轉城堡君』的核心前，之前的龍捲海域……暗石海域……漩渦海域，每一區的試煉都足以擋下道心碎裂，已經是普通人的你……

「甚至，你理應已經失去踏入這個虛擬世界的資格——因為只有強大的輕小說家，能踏進無主意志留下的幻象……既然如此，你現在能處身於此，只有一個原因……」

看著飛羽又一次駕駛孤舟衝上，再次被彈飛到遠處後，我內心又驚又佩。我很少這樣佩服一個人，但飛羽的行為遠超常人的想像，那是唯有身負大毅力、大決心的人，才能完成的行徑。

望向按著胸口大口喘氣，騎士長袍前襟已經被鮮血染紅的飛羽，我逐漸道出真相。

「與曾經在『問心七橋』中走上『無我之道』，打算獻祭七種情緒的我一模一樣——

「——你燃燒已經碎裂的道心，甚至將自身的生命力都一起做為柴薪，換來了短暫的爆發與強大!!

「所以你才能穿越那重重阻撓……來到此地，來到輝夜姬生前留下的意志面前!!」

正因為如此，飛羽身上的傷勢才會如此之重。

這時我也靠近了「轉轉城堡君」的核心，感受其力量產生的防線後，立刻臉色一變。

「這是……」

臉色變化的原因，並非因為其中蘊含的力量太強，這一點我早已有所預料。在本心之道已經圓滿的現在，我對輝夜姬生前的實力強度，已經有一個大概的理解。

我也看到過很多次飛羽被彈飛，「轉轉城堡君」的核心前會有防線阻擋，也在意料之中。

但真正使我感到內心壓抑的，是這一道防線的運作方式。

與先前三大海域可以取巧通過不同，最後這一道防線，就像將整個世界的力量連接而起，築成一堵堅韌又無形的牆壁那樣，只有靠接連不斷的衝擊，將存在於「轉轉城堡君」核心內的無主意志消耗完畢，才有可能接觸到「轉轉城堡君」的核心本身，阻止A高中滅亡……

也就是說，只要這個世界不滅，最後一道防線就不會崩潰。

最致命的是，在接觸最後防線的瞬間，根據大略的計算，就算是我親自出手，要將無主意志消磨完畢，至少也需要三天的時間。

「但是……三天實在太漫長了……」

……漫長到足以使A高中所有學生身亡，讓這次的行動失去所有意義。

思及此，我的內心一片冰涼。

在成為「寫作之鬼」的那條時間線，滅絕一切情感的我，親自殺入A高中，將此地化為一片血與火，覆滅了整間學校。

在這條時間線，我沒有成為「寫作之鬼」，也沒有滅絕情感，可是理應已經被改變的未來，卻於眼前再次重演——輝夜姬依舊化為白色光點消散了，而她的子民們也危在旦夕。

先前我就已經暗自做過內心的推論，或許命運是無法被改變的，哪怕改變中途行徑，最後依舊會行駛到相同的點停下，造成同等程度的破壞。

「難道說，命運的走向……真的無法被改變？

「哪怕我的『本心之道』已經圓滿，踏入返璞歸真之境……卻連輝夜姬留下的A高中……也保護不了嗎？」

在這時，飛羽終於停下對隱形防線的衝擊。不是他不想，而是他已經辦不到。因為飛羽的道心與生命力已經燃盡，短暫換取的力量已經消失無蹤。

此時飛羽大半個身軀都已經化為光點消散，他仰面躺在孤舟上，傾盆大雨滴進他逐漸變得黯淡無神的眼眸，但他的眼眸卻沒有閉上，而是拚命睜開眼睛望向這個世界。

「我……想要……守護……」

已經幾乎燃燒殆盡的飛羽，他微弱的聲音，本應被海風所吞沒，但言語中強烈的不甘心，像是產生了某種願望般的力量，使聲音遠遠傳了出去。

他斷斷續續地繼續說了下去：

「……想要……守護……輝夜姬公主……留下的A高中……」

與此同時，飛羽躺著的孤舟動了。

那孤舟移動的速度很慢，慢得如同龜爬，在顛峰的海浪中幾乎看不出前進。光

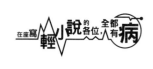

是如此，就已經用盡飛羽剩下的所有力量。

緩緩來到我的孤舟旁，兩艘孤舟並列，飛羽仰頭注視著我，開口說話。

飛羽的聲音越來越虛弱。

「柳天雲……閣下……坦白說……我直到現在……依然討厭你……憎恨你……因為輝夜姬公主……應該就是被你殺死的……但你能冒著萬分危險，通過諸般考驗來到這裡……來到『轉轉城堡君』的核心所在……代表公主的死，或許並不是出於卑劣的廝殺……因為你並未泯滅人性……

「事到如今……我已經沒有時間……向你質問輝夜姬公主的死因……但是……我還是有話……想對你說……想要拜託你……

「我想拜託你……守護輝夜姬公主的遺志……拜託你……拯救輝夜姬公主視若珍寶的A高中……

「如果你……曾經……把輝夜姬公主當成朋友……求求你……幫這個忙……」

飛羽將手慢慢抬起向我伸來，像是想要向我懇求，但那隻手伸到一半，就化為光點消散。

一直以來，都以心高氣傲形象示人的飛羽，這是第一次對我低下了驕傲的頭顱。飛羽直到現在依然討厭我、憎恨我，所以他並不是為了自己而懇求，而是為了輝夜姬而懇求。只要能完成輝夜姬的願望，他甚至能將性命、道心、自尊……一切的一切捨棄，只求實現輝夜姬的理想。

這就是飛羽，這就是他走的「騎士之道」。

「……──!!」

在對飛羽興起佩服的同時，我也感到無盡的悲哀。

……沒有達到過返璞歸真之境的飛羽，雖然曾經燃燒一切換取短大的力量，但他終究無法觸及真相，不瞭解如果想消弭最後一道防線，就算是現在的我……也需要三天的時間。

別說只有我一個人，就算怪物君忽然現身，兩人聯手壓制無主意志，至少也需要一天的時間，才能停止A高中的建築崩壞，讓學生們得以存活。

而根據我抵達A高中時看到的慘狀，最多經過半天的時間，學生們就會被盡數埋葬在石堆瓦礫之下，無一能夠倖免。

換句話說，這已經是無法避免的死局。

「……拜託……拜託您……守護輝夜姬公主……最後的願望……我求求您了……求求您……」

飛羽見我遲遲無法答話，著急起來，原先微弱的呼吸變得急促。因為雙腿也都散去的關係，他用僅剩的左手勉強自己翻過身來，用殘破的身軀，想要向我磕頭。

我嘆出一口氣，然後伸手阻止飛羽的動作。

「……別這樣，我答應了。」

聽見我答允了，飛羽已經消失小半的臉上露出喜意。

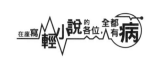

「謝謝你……柳天雲閣下……」

眼前身軀殘破的飛羽，完全無法與回憶中的飛羽畫上等號。

回憶中的飛羽，永遠是帶著趾高氣揚的表情出現，他對輝夜姬的忠心，至死也要貫徹的「騎士之道」造就了他內心的強大。他毫無疑問是極其厲害的輕小說家，如果這次的六校之戰，我、幻櫻、輝夜姬、怪物君都沒有參戰，那麼……或許他就是六校之戰裡的最強者，將帶領A高中登上王位，成就不滅霸業。

過去曾與飛羽相處的一幕幕閃過眼前，慢慢的，從最初到現今，我的記憶來到了此刻，定格在面前的飛羽身上。

「謝謝您……柳天雲……大人……」

於最後的最後，對我投以複雜的眼神，報以與輝夜姬相同的稱呼方式，飛羽的身軀終於徹底破滅，化為白色光點隨風散去。

仰頭望著天空。

我眼中注視的，是雨，也是淚。

在飛羽死去的剎那，原先籠罩整個世界的暴雨變得更加劇烈，彷彿無主意志開始流淚不止，那是無法抑制的哀慟之意。

「飛羽，你的請求，我柳天雲……接受了。」

面臨飛羽死前的拜託，聽見他那拋棄自尊的拚命懇求，哪怕再怎麼鐵石心腸的人，也無法開口拒絕……何況是讀懂了飛羽的「騎士之道」的我。正因為明瞭他的道心，所以我才會對這個世界的悲傷感同身受。

可是……

「我的力量……沒辦法趕在A高中毀滅前，突破無主意志的防守……輝夜姬生前的實力太過強大，就算只是她殘留的一股意志，也不是任何人可以輕侮……」

但我沒有放棄，而是努力進行嘗試。

「意念之刀・化形!!」

雙手合十，喚出半個天空大小的意念之刀，我試圖操縱意念之刀朝保護「轉轉城堡君」核心的無形之牆斬下。但過去可斬萬物，甚至連道心都能斬掉的意念之刀，第一次被硬生生擋下了，只斬入了一公分的距離，就被卡在無形之牆中，再也難以寸進。

即使使出渾身解數，將強者之意凝聚到了極點，對著無形之牆一斬再斬，但效果卻極為微小。如果將無形之牆比喻為萬里長城，那我剛剛所做的，僅僅是挖掉牆角的一塊磚罷了。

時間一分一秒過去，從我的意識進入虛擬世界以來，雖然體感極為漫長，但實際時間大概只過去半個小時。

現在我卻陷入一籌莫展的僵局，在時間逐漸流逝的同時，外界大概也有A高中的學生在不斷受傷，陷入死亡的陰影中。

「……」

我閉目，吐出一口胸中的濁氣。

……這樣下去不行，我得突破僵局。

……想想辦法……柳天雲，快想想辦法。

不斷思考對策的同時，大腦在瞬間活化到了極點，以平常難以企及的速度思考，將平常難以察覺的盲點也全部囊括成為線索，試圖找出突破局面的生路。

「無主意志太過強大……靠單純的蠻力，是行不通的……」

像是在替自己整理思緒，我開始喃喃自語。

「那麼……還有什麼辦法……」

摸著下巴不斷思索，將從進入虛擬世界以來的點點滴滴全部在腦中快速回放，沒有錯過半點細節。

「……想想怎麼通過眼前的難關……如果A高中的城堡會毀滅，正是因為無主意志失控……這樣的話……」

這樣的話……

我腦中的畫面，倒轉至無主意志以雲層中的眼睛，面對我露出迷惘的時候，停格。

接著，停留於飛羽死去的剎那，暴雨變得更加強烈的時候，再次定格。

「無主意志……」

「無主……意志……」

在心念電轉的瞬間，我猛然抬頭，再次看向半空中，雲層裡那隻閉起的眼睛。

「是了……解開死局的癥結點就在這裡。」

在將內幕思考透徹的這一刻，我終於明白了，要怎麼突破眼前的難關。

海浪起伏，在孤舟上穩住自己身形的同時，我直視著天空，如此沉聲開口。

「無主意志……哪怕你再怎麼失控暴走……你畢竟……還是輝夜姬生前留下的強者之意，這一點，無論如何不會改變。

「你是因輝夜姬而生，於輝夜姬體內孕育力量變得強大，這樣子一路走來，已經過去太多太多年……

「所以，哪怕輝夜姬已經死去，你遺忘了所有，成為無主的力量，但在你意志的最深處，依舊還藏有一絲輝夜姬的執念……這也是你面對我會感到迷惘……察覺飛羽死去會感到悲傷的真正原因……

「無主意志啊……以你的強大，明明已經失控暴走，卻沒有在第一時間就讓A高中的城堡徹底崩塌，只是緩緩而為，這也從側面表明了你的猶豫……證明輝夜姬的執念，確確實實隱藏在你的意志內……或者說隱藏於這個世界內。只是因為太過微弱，只剩一絲一毫，無法成為主導。」

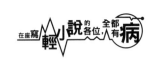

無主意志於雲層中的眼睛沒有睜開，也沒有對我做出任何回應，但這個只剩我一人的孤獨世界，海風的呼嘯卻變得更強了。

此時，我吸了一口長氣。

「所以——我已經找到了解決的辦法——」

在緩緩道出真相的剎那，我一隻腳踏上孤舟的邊緣。

然後，我縱身躍下，朝著冰冷的海面快速接近。

在即將落入海水中的前一刻，逆著勁風，我朝整個世界吶喊出聲。

「——只要找出輝夜姬殘存的最後一絲意志，我就可以逆轉A高中的絕境，阻止那堪稱死局的滅亡!!」

第四章

輝夜姬想讓人守護

躍入大海後，身體在冰冷的海水內不斷下沉。

與此同時，強者之意不斷外探，感受著周身無窮無盡的海水，這個世界的一切都是由無主意志的力量構成，最常被操縱用來攻擊的海水，則是力量的核心所在。

所以我才會躍入海中，以最接近的方式去尋找輝夜姬殘存的執念。

很快，強者之意在極遙遠的南方，感受到了一絲熟悉的氣息。

就在強者之意觸碰那絲氣息的瞬間，我感到某種強烈的牽引之力傳來。

「什麼——!!」

接著，根本無法預料的情況發生了，我的身體忽然開始下墜。

準確形容的話，我是從充滿浮力的海水中，被瞬間轉移到了高空中，所以才會被地心引力所拉扯，從半空中掉下去。

「……」

面臨急速的自由落體，我沉住氣，在很短的時間內將下方情況收入腦海中。

「……A高中的城堡!!」

我居然被轉移到了A高中的城堡正上方，看起來離地大概有五百公尺的距離。

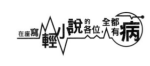

從這個高度看下去，城堡也變得狹小許多。

這裡是現實世界？

強者之意只能造成幻覺，或是改變些許天象，在現實世界中不可能發揮移山倒海的神力。

也就是說，如果這裡是現實世界的話，我就死定了。從這個高度掉下去，沒有人能夠存活。

從高空墜地的速度越來越快，這時候已經離地不到兩百公尺的距離。

抱著萬一的希望，我雙手合十，逆著灌進嘴裡的強風，我拚命大吼出聲。

「光之翼・顯現!!」

隨著話聲落下，一對虛幻的翅膀從肩胛骨後方形成。我喜出望外之下，也來不及思考更多，急忙操縱翅膀阻止下墜，但那下墜之力實在太強，不斷拍動的虛幻翅膀用力到落下許多羽毛，最後我狼狽地摔倒在地，雖然一陣疼痛，但是幸好沒有受傷。

拍拍屁股站起，仔細一看，我落地的位置是城堡的腹地，仔細辨認周遭的風景，能看出這裡是一塊占地寬廣的花園。花園內可以看到有許多學生坐在野餐餐巾上聊天或吃喝，從他們的臉上，完全看不出被六校之戰威脅的陰影，是那麼的單純與快樂。

左右張望，這片花園被許多城堡的依附建築所圍起，成為一個四方形。這些建築似乎是學生們的宿舍，有很多穿著睡衣的學生在走廊上穿梭來去，在各個房間內串門子聊天。

「A高中原本陷入血與火之中，現在那些災難都不見蹤影，明顯不對勁……」

「再加上，我可以用強者之意形成光之翼……也就是說，這裡不是現實世界。」

冷靜做出推斷，我開始思考對策。

「在接觸輝夜姬的殘存意志後，我就被拋到了這裡……難道說，這裡是虛擬世界中的虛幻世界嗎……」

仰頭看看天空，天空是正常的湛藍顏色，也沒有無主意志的眼睛存在。

就像我剛剛推斷的那樣，這裡應該類似於虛幻世界的夾縫之間，屬於無主意志無法干涉的地帶。如果簡單來形容的話，也就是裡世界。

「可是，為何我會來到這裡……輝夜姬的殘存意志，究竟有什麼用意……」

沉吟片刻後，我不解。

周圍看起來也不像有危險，於是我開始移動，在花園內漫步而行，尋找新的線索。

我首先走到一對女學生面前，她們坐在餐巾上，正在吃自製的三明治。其中比較高的女學生，她綁著單馬尾，膚色微黑，臉上有淡淡的雀斑，充滿活力，看起來就是運動系社團的成員。

這個女孩……我認識。

「A子……」

在畢業旅行中，我們曾經短暫相遇，在巴士上交談過。後來也被A子陷害，害我誤闖女湯。

回憶逐一流過心頭，面對故人，哪怕只是虛擬世界中的故人，我也不好意思無視，於是開口向她們打聽消息。

「A子，城堡內有發生什麼奇怪的事嗎？」

「……」

A子不理會我，繼續與朋友快樂地閒談。

我一怔，本來以為對方沒聽見，把話重複一遍，但A子依舊無動於衷。別說理睬我了，就連眼角餘光都沒有瞄來。

見狀，我一凜，內心升起某種可能性。

於是我將手掌在A子面前揮了揮，她們依舊開心地談笑，就像根本看不見我那樣。

最後，我試圖拿起她們放在盒子裡的三明治，但卻撈了一個空。我的手像幽靈一樣穿過盒子，根本無法拿起實物。

「果然如此……」

對於眼前的情況，我有了大概的瞭解。

「畢業旅行時，我的意識曾經進入『轉轉電影君』製造的虛幻世界，看到過沁芷柔的記憶……現在我同樣踏入了某種幻象，很有可能，就是無主意志裡殘存的某些記憶……也就是輝夜姬的記憶。」

也就是說，現在這個世界是虛假的，連眼前的A子等人也是虛假的，僅僅是某道記憶所衍生的產物，就像錄影帶內的某段場景那樣，已經有其註定的運行軌跡，所以我沒辦法對其干涉。

但這些記憶，肯定對輝夜姬來說非常重要，否則也不會在輝夜姬死去後，依舊在無主意志內殘存。從某種程度來說，這些記憶就是輝夜姬執念的體現，是藏在內心最深處的珍寶。

我抬頭看向城堡的尖端，那裡是輝夜姬的居所。

「那麼，首先必須先找到輝夜姬。」

離開花園後，我穿過一座巨大的拱門，地面由灰色的石磚鋪成，正中央有一座巨大的噴水池，看起來是類似中庭的地點。兩旁以許多樹木做為分隔的人行道，有許多學生正在步行談笑。

在對向的人行道上，我看見被許多女學生圍繞的飛羽。

「飛羽大人——!!呀!!飛羽大人好帥——!!」

有的女學生如此尖叫。

「飛羽大人!!請收下我的便當!!」

也有的女學生拚命想擠上前，把手製便當遞給飛羽。而她剛開口就有許多同樣拿著便當的女學生對她怒目而視，彷彿在責怪她搶先偷跑。

看到這一幕，我可以說是目瞪口呆。

我之前很少去意識飛羽長得有多帥，現在想想也是合情合理，飛羽本來就是美男子，論容貌在我認識的男生裡排名第二，只輸怪物君一些……加上是強大的輕小說家兼A高中領導者之一，會受歡迎也是很正常的事。

身處人群中的飛羽，露出傷腦筋的神色。

看到飛羽的表情，我剛開始還覺得有點好笑，但我隨即想到現實中的飛羽已經死去，隨即又沉默下來。

我駐足片刻，望著人群包圍中的飛羽慢慢遠去，嘆了一口氣後，轉身繼續前進。

再次順著路穿過主殿與偏殿，找到那呈螺旋狀不斷往上的登天之梯，短時間內第二次攀爬此地，我卻有了不同的感受。

「A高中的安穩與寧靜，是由領導者的努力換來，要走到這一步，究竟需要付出多少苦心……」

我由衷地佩服輝夜姬與飛羽。

爬到城堡頂端後，輝夜姬居所的門是鎖上的，我猶豫片刻後，直接穿透門板踏進其內。

然後，我聽見輝夜姬唱歌的聲音。

「哼啦啦～～哼啦啦～～月亮上的小兔子～～跑得快又跳得高～～耳朵尖尖毛又長～～可愛臉頰肥嘟嘟～～」

躺在房間深處的大床上，視線穿過床緣垂下的簾幕，可以看見輝夜姬穿著寬鬆的和服趴在床上。此時的她帶著些許慵懶，頭髮微微有些散亂，赤裸的雙足不斷輕輕踢著床面，手上捧著一本書正在閱讀。

理所當然的，輝夜姬看不見我。我走到她旁邊，看清那本書的名字是《竹取物語》。這是以輝夜姬為主角的故事，一般認為在平安時代前期就被寫成，歷史悠久，可謂聲名遠播。

這本《竹取物語》顯然已經被輝夜姬翻閱過很多次，書頁已經沒有嶄新的感覺，但依舊保存良好。我彎腰去看書上的內容，書上這一頁，是某國的皇子向輝夜姬求親的場景。

故事是這樣的：石作皇子向輝夜姬求親，而輝夜姬為了見證其決心，要求石作皇子取來佛前石缽。據說這是佛祖當年在天竺大徹大悟時，四大天王所獻上的石缽。

不料石作皇子雖然表面答應，實則奸猾無比，他告知輝夜姬，自己會即刻前往天竺取來寶物，裝作已經出發的樣子，但是卻偷偷躲起來過了三年。之後石作皇子取來假的石缽，裝在錦囊裡送給輝夜姬，可是被聰明的輝夜姬看破真相，使石作皇

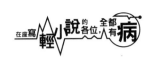

子敗興而歸。

「哼哼……不愧是輝夜姬，能看破虛假的心意，那也是理所當然的事。」

看完這一頁，床上的輝夜姬抬起鼻子，露出驕傲的表情。

「火鼠裘、玉樹枝、龍首之玉、佛鉢之石，故事中的輝夜姬，其實也不是真的想要這些東西，只是想藉此確認追求者的想法而已。否則在後面的故事裡，面臨擁有全天下的皇帝的求親，她又怎麼會拒絕呢？」

輝夜姬這時翻過身來，仰面向天。因為穿著寬鬆的和服，此時領口處微微滑落，露出白皙的鎖骨。

「所以說……戀愛這東西呀，不問權勢，不問貴賤，擁有足以傳達到對方內心深處的熱忱，才是最重要的。」

輝夜姬將看到一半的《竹取物語》放在胸部上，看著天花板，如此喃喃自語。

這時忽然有人敲響房門，門外傳來飛羽的聲音。

「公主，E大殿的翻花牌活動如期開始了，屬下剛剛已經去露過臉。另外，屬下有要事想向公主稟報。」

「嗯、小飛羽，你稍等一下!!」

輝夜姬急忙起身，她站起來後，走到了衣櫃前，更換了一套和服，也就是平常穿著的紫色基底和服。

在輝夜姬換衣服的期間，我轉過身去沒有多看。但還是能清晰聽見輝夜姬換衣服的聲響，甚至還聽到輝夜姬發出「啊、纏胸布跑哪去了？」這樣子的疑惑。

過了大概五分鐘後，恢復平常的端莊樣貌，輝夜姬為飛羽打開門。

飛羽進入輝夜姬的居所後，並沒有坐下，而是站著向輝夜姬開始報告。似乎A高中為了消除緊張的氣氛，定期都會舉辦娛樂活動，今天剛好是翻花牌大賽，剛剛看到一群女生簇擁著飛羽過去，那些大概都是想要參賽的學生吧。

「那些孩子參加活動時……開心嗎？」

輝夜姬微笑發問。

明明她的年紀並不比A高中其他學生大，但稱呼他們為「孩子」時，卻顯得無比自然。大概在輝夜姬看來，那些學生都是需要保護、需要照顧的子民。

「……很開心。那些人簡直玩瘋了，屬下被拉著差點走不開。」

飛羽如此回應。

雖然飛羽差點走不開，應該也有被女生包圍的緣故，不過輝夜姬顯然沒有多想，只是笑著點點頭。

「那麼小飛羽，你有什麼事要告訴妾身？」

這時我注意到輝夜姬是先問過子民是否過得快樂，才詢問飛羽口中的「要事」究竟是什麼。大概對她來說，A高中的學生過得快樂，比什麼都重要。

飛羽露出思考的表情，似乎在斟酌著要怎麼發話，過了一下，他這麼開口：

「昨天，棋聖那傢伙對屬下透露一件事……這件事如果放任不管，可能會影響到

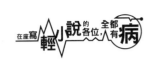

A高中的安危……」

他說到這裡，觀察輝夜姬的臉色，然後才繼續說下去。

「……據棋聖所說，從中學時期就封筆消失的柳天雲，其實人就在C高中，而且已經再次拾筆復出，成為C高中的主力選手。」

輝夜姬的臉色不變，只是眨了眨眼。

「嗯，柳天雲嗎？妾身知道這個人，他很厲害，如果是中學時期較量的話，妾身也沒有必勝的把握。」

飛羽這時恭維道：「當然，公主您當年因為身體欠佳，沒有參加各大寫作比賽，不然柳天雲那傢伙又怎麼能專美於前，與晨曦一起享有『超新星』、『文字之子』、『寫作界的未來希望』之類的誇張名號。」

不等輝夜姬答話，飛羽繼續說道：「可是，就算再怎麼厲害，那也是過去的事了。據棋聖的情報，他在B高中有個叫做小秀策的弟子已經與柳天雲交過手，並且試探出他的實力。在封筆復出後，柳天雲已經遠不如以往。

「他已經沒有以前那麼強了，還沒恢復實力的他，可以說是處於虛弱狀態……如果要打垮柳天雲，現在無疑是最好的時機。」

聽飛羽說到這裡，我內心一怔。

這些都是很久以前的事，從飛羽的口吻聽來，這個虛幻世界的時間軸，處於幻櫻仍在怪人社裡、A高中的棋聖尚未以「詛咒草人」襲擊C高中之前。

我曾經在某樣晶星人道具裡看到過這段經歷，棋聖為了對我復仇，煽動飛羽使其默認他的出擊，而這一切輝夜姬並不知情。

看來眼前的景象，就是那一段經歷的詳細補完。

也就是說，飛羽這一次前來，是想要試探輝夜姬的態度，如果輝夜姬答應的話，他就可以理直氣壯地與棋聖一起出擊，徹底覆滅C高中。

輝夜姬在這時搖搖頭。

「不能趁人之危。」

輝夜姬直視著飛羽的雙眼，如此說道：

「妾身就在這裡，始終守護著A高中。如果他對於獲勝的渴望與信念超過妾身，那麼，就讓他把勝利取走也無所謂。但是妾身是不會輸的，絕對不會。」

飛羽聽了輝夜姬的話，也沒有反駁，只是點點頭，然後退了出去。

也就是輝夜姬的這一句話，促使飛羽只能默許棋聖單獨出擊。現在想來，如果飛羽與棋聖當初一起進攻C高中，幻櫻因為存在之力即將消散，拚了命也只能幹掉一個人，C高中勢必就此滅亡。

換句話說，輝夜姬這時的一句話，改變了C高中的未來走向。

「……」

在飛羽離開後，輝夜姬再次躺到床上。

「柳……天……雲……柳天雲嗎？他是個怎麼樣的人呢？」

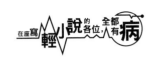

發出好奇的疑問聲，輝夜姬再次拿起《竹取物語》，埋首其中。

之後，虛擬世界中的場景不斷轉變。

以輝夜姬的殘存意志為主導的這個世界，每個場景都有輝夜姬存在。

我跟著輝夜姬走遍一個又一個場景，再次看見輝夜姬首次來到C高中，再次目睹她無法爬樓梯被我背負的景象，再次聽見那一句「您果然是個風月老手呢」的調侃……我的內心有某塊區域，也漸漸被觸動。

隨著時間流逝，場景跳轉到輝夜姬加入怪人社後的場景。

第一次與大家一起在虛擬世界中跑動。

第一次與大家一起玩耍。

還有第一次……在大家面前哭泣。

「妾身……不勝榮幸。」

被怪人社的眾人承認後，輝夜姬第一次在大家面前流淚，坐倒在地。一直以來沒有太多朋友的她，在怪人社內得到了溫暖，得到了認同。

後來，輝夜姬織了和服送給我。直到現在，那件和服都掛在我的房間內，是我最珍貴的寶物之一。

在虛擬世界中，距離輝夜姬如此之近，我才驚覺原來輝夜姬編織的手藝並不是很好，她只是一直以來都在逞強而已。

送給我的那件和服，其實是輝夜姬編織出的第八件和服。她透過不斷的努力與練習，無數次刺破手指滴下鮮血，熬夜努力到黑眼圈都開始冒出，最後才織出完美的心血結晶，並終於鼓起勇氣送給我。

「……」

就像在短時間內，跟著輝夜姬走過她這幾個月以來的人生經歷那樣，我看見了輝夜姬處世的高潔，看見了她的溫柔，也看見了她背負守護整間學校的沉重義務。但輝夜姬並沒有喊苦，而是用努力補上所有不足，在A高中與怪人社之間穿梭來去，將溫煦的笑容帶給大家。

在輝夜姬的回憶裡，我也看到A子再次出現。

那是畢業旅行前夕發生的事，A子發現在校園內散步的輝夜姬，開心地跑上前去，向她揮揮手，笑得露出牙齒。

不管對方是誰，爽朗的A子都習慣用與對方很熟的語氣搭話，這是現充的特點，也是這種特點，在初遇時讓我有點招架不住。只是輝夜姬明顯比我從容許多，她與A子並肩在楓樹下慢慢走動時，每一句的回答都不失儀態。

大概是「轉轉城堡君」有自我調節內部季節的功能，此時兩人漫步的大道上，整排楓樹都開滿火紅的楓葉，乍看之下就像天空被染上絢爛的紅霞。

在那楓葉之道上，閒談一陣子後，A子忽然傾身向輝夜姬靠上去，用手肘輕輕戳她的側腹，露出揶揄的表情。

「所以，輝夜姬公主大人……您總是跑去C高中造訪，是因為喜歡柳天雲嗎？」

「什——」

原本優雅無比的輝夜姬，在聽見這句話後，頓時手足無措起來，雖然她很快控制自己冷靜下來，但那已經被紅暈沾染的雙頰，卻充分洩漏她的慌亂。

A子也看見輝夜姬臉上的紅暈，嘴巴頓時像貓一樣，變成「ω」的竊笑形狀。

用帶著不甘心的語氣，輝夜姬偏過頭去，用比平常提高許多的音量開口解釋：

「怎、怎麼可能呢!!妾身是想去社團與朋友們交流，可不是專程為了柳天雲大人去的!!」

A子瞇起眼睛追擊：

「哦，可是A子我聽說您之前常常替柳天雲大人編織和服呢，就連飛羽大人都沒有拿過這樣的禮物，這又該怎麼解釋？」

「那、那是——!!」

輝夜姬臉紅得像要滴下血來，小小的嘴巴張大，似乎又想要解釋，但她這次嘴巴張了又開，開了又張，卻始終沒有說出像樣的理由。

A子見狀，把雙手枕在腦後看向天空，笑得既八卦又燦爛。

「哎呀哎呀，真是青春呢，輝夜姬公主大人。」

輝夜姬紅著臉低下頭，不理會對方。

兩人之間安靜下來，就這樣在楓葉之道上慢慢前進，又過去好久，有點尷尬的氣氛始終持續。

「……」

過去大約十分鐘後，楓葉之道已經走到底了，這時A子忽然駐足停下。

「？」

察覺到對方的動作，輝夜姬也跟著停下，不明所以地看向A子，A子微微一笑。

「公主，請問您與柳天雲究竟是什麼關係呢？」

這次A子的笑容不像之前那樣充滿揶揄，而是帶著善意。就像想替輝夜姬整理、確認自己的心意所以才道出了這樣的問題，這是只屬於A子的體貼。

彷彿也聽出A子問話中的鄭重，輝夜姬瞳孔微微凝縮，立於不斷散落葉片的楓樹下，她悄立良久，像是在思考，又像在猶豫……那雙手十指交纏在一起的動作，似乎也帶著掙扎。

最後，輝夜姬像是想通了什麼，慢慢看向A子，然後恢復原本的從容，笑了起來。

此時兩人頭頂那許多楓樹，被一陣輕風颳起了漫天楓葉。

在那無盡楓葉的包圍中，輝夜姬的紫色和服微微飄蕩。她伸出手，拈起了一片楓葉，將其捧在雙手的掌心之間。

然後，輝夜姬做出了回答。

「火鼠裘……玉樹枝……龍首之玉……佛缽之石。」

對著A子善意一笑後，輝夜姬離開了。

旁觀這幕時，我隱隱覺得熟悉。就在這時，我猛然想起之前在畢業旅行時，A子曾經說過的話。

那是在畢業旅行居住地的澡堂附近發生的事。

當時A子這麼說：

「因為輝夜姬公主常常造訪A高中的關係，小柳又很有名，之前我曾經好奇地詢問輝夜姬公主：『公主，請問您與柳天雲是什麼關係呢？』，當時公主回答：『火鼠裘、玉樹枝、龍首之玉、佛缽之石。』。」

A子停頓了一下，環視觀眾們的反應，確認所有人都在仔細傾聽，這才滿意地繼續開口。

「……後來呢，我去查詢《竹取物語》，發現那些東西都是《竹取物語》中的輝夜姬，做為迎娶她的條件，要求追求者們取來的傳說級寶物。

「也就是說，輝夜姬公主既然在說到小柳時，提起這四樣寶物，也就可以視為輝夜姬公主，把小柳視為追求者吧？既然是追求者，那與輝夜姬公主，當然有十足的

淵源了。」

那時A子提及的，大概就是我剛剛看到的那一幕。

只是，曾經我以為A子只是在開玩笑，輝夜姬未必說過那樣的話，但親眼見證這段過往的此刻，內心升起微妙的複雜感。有些酸楚，又有些不捨，一時之間難以理清思緒。

可是，如果A子說的話都是真的……

「追求者……我嗎？可是輝夜姬的傳說裡，需要獻上火鼠裘、玉樹枝、龍首之玉、佛缽之石這些寶物才能追求她對吧？我沒有拿出那些東西……所以，應該不算數吧。」

因為輝夜姬剛剛臉紅的表情，不知為何，我升起了一絲罪惡感。像是想替自己辯解那樣，察覺自己沒有像傳說中那樣試圖拿寶物追求輝夜姬，頓時感到安心許多。

然而。

然而，也就在這時，虛擬世界中的場景再次轉換。

新的場景是熱鬧的廟會。在深沉的黑夜裡，廟會被燈籠的光芒所照亮，食物的氣味與在學生們開心談笑聲充斥周遭，我左右張望，然後我看見前面有「另一個自己」。

這是輝夜姬記憶中的我，他穿著藏青色的和服，在人群裡逐流而走。

「是了……這裡是畢業旅行時，因為我不想攀爬北籟山，所以來山腳下的廟會打發時間……」

我認出了地點與時間，但我卻不清楚為什麼會有這一幕的出現，因為這裡應該沒有特殊事件發生。

我一時之前也找不到輝夜姬在哪裡，於是只好一頭霧水地「跟蹤自己」，耐心地隨著當時的我一起行動。

走著，走著。

走著，走著……

前方的我停了下來，他遇見在蘋果糖攤販前的飛羽與輝夜姬，兩人正在交談，而飛羽一臉煩惱。

「小飛羽，小飛羽，你看，是蘋果糖耶！好大的蘋果糖！」

「是的，屬下看見了。」

「那買吧？我們把全部的蘋果糖都買下來吧！」

雙手握成拳頭上下搖動，輝夜姬的眼睛裡有興奮的光芒在閃爍。

「這個……公主，就算把屬下的錢也算進去，我們如果買下所有的蘋果糖，錢會不夠的，接下來幾天會陷入極度的貧窮中。」

雙方又交談一陣，最後輝夜姬終於按捺不住對蘋果糖的渴望，她露出央求的表情。

「柳天雲大人，請看看這些蘋果糖。紅色的球體上閃爍著晶亮的光澤，猶如純淨的紅寶石般惹人憐愛，如果是您的話，也會不顧一切地把這些蘋果糖買下來吧？」

注視著蘋果糖的輝夜姬，口水差點流下。

「而且，那神祕而未知的滋味，也正符合蘋果糖高貴的外表。世界上大概沒有比蘋果糖更適合在竹林中吃的食物了，就連身為輝夜姬的妾身，也忍不住為之心動。」

這裡可不是竹林啊……輝夜姬公主大人。

但是，輝夜姬剛剛在形容蘋果糖的滋味時，用上「神祕而未知」這種形容，讓當時的我有點在意。

「……妳沒有吃過蘋果糖嗎？」當時的我開口詢問。

「那、那個……」

當時的我只是隨口詢問，但輝夜姬卻忽然變得滿臉通紅，接著慢慢低下頭去。

「妾身的身體……並不好……在外面的世界……是不允許吃這種食物的……」

這一段過程我有記憶，由於輝夜姬的旅費不夠買下所有的蘋果糖，加上我的錢才湊到足夠的金額，最後抱著像山一樣多的蘋果糖，輝夜姬心滿意足地離開。

事情的發展也跟我的記憶一模一樣，買下所有的蘋果糖後，「當時的我」與他們分別，聽從飛羽給予的情報往北籟山走去，打算尋找怪人社的夥伴們。

而飛羽與輝夜姬，則向另一個方向走去。

在走路的過程中，輝夜姬露出幸福的表情，像倉鼠一樣拚命把蘋果糖往嘴裡

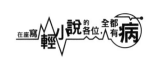

塞。也不知道她是怎麼辦到的，一條街道還沒走到底，那原本像山一樣高的蘋果糖居然像退潮的海面那樣快速降低，然後消失無蹤。

跟在輝夜姬旁邊的飛羽，看到這樣的場面完全是目瞪口呆。這也怪不得他，因為我應該也露出相同的表情了……輝夜姬小小的身軀，究竟是怎麼吃下這麼多食物的，實在令人費解。

最後，輝夜姬手上就只剩下一顆蘋果糖，她拿著蘋果糖在面前左看右看，但一直沒有把蘋果糖放入口中，露出思考的神色，也不知道在想些什麼。

「公主大人……您吃不下了嗎？」

飛羽這時問。

「……」

輝夜姬搖了搖頭，表情變得更加複雜。

他們兩人橫穿廟會後，走到廟會的盡頭。這時他們可以選擇走另一條路回去，或是轉彎逛另一條廟會街。

而在街道的轉角處，他們碰見一個熟人。

四處東張西望的A子從轉角處走來，她看到輝夜姬後立刻走了過來，懊惱地抱住自己的頭。

「啊～～公主大人!!大事不好，大事不好了!!A子本來想要去逛北籟山，但跟朋友在途中走散了，您有看到小E跟小K嗎？我到處都找不到她們，差點就要把石磚翻起來看看她們躲去哪了!!」

A高中學生們的奇特外號讓我一陣無言，怎麼不是A子就是小E或小K，但輝夜姬與飛羽卻像早就習慣了那樣，搖頭說沒看見那些人。

這時A子的肚子忽然發出一陣咕嚕咕嚕的驚人叫聲。不愧是運動系社團成員，連肚子餓的聲響也充滿魄力。

「啊、走了好久……肚子好餓……」

然後，A子看向輝夜姬手上遲遲沒有食用的蘋果糖，流下了口水。

輝夜姬看看蘋果糖，又看看A子，我本來以為已經吃了滿肚子蘋果糖的輝夜姬，會把手上的蘋果糖送給A子，但輝夜姬卻露出猶豫的表情。

接著，輝夜姬轉向飛羽。

「小飛羽……不好意思，可以請你先離開一下嗎?」

飛羽愣住，他看了A子一眼，點點頭，退到遠處的欄杆上坐著。

飛羽離開後，輝夜姬才對A子露出充滿歉意的表情。

「對不起……A子，這顆蘋果糖妾身不能給妳，因為這是柳天雲大人給妾身的禮物……所以，妾身想留下來做紀念。」

「蘋果糖不就是用來吃的嗎?為什麼要拿來當禮物啦?這根本沒有紀念價值吧!!」

A子傷腦筋地按著自己的額頭大喊。個性爽朗的她，或許不是真的想吃蘋果

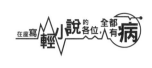

糖，而是對於現狀的不解，使她忍不住提高音量。

聽見A子的問話，輝夜姬盯著蘋果糖，沉默了許久。

像是陷入了回憶中，回思許久後，她才慢慢笑著對A子開口說話。

「A子……妳還記得嗎？妳曾經問過妾身『與柳天雲大人是什麼關係？』，而當時妾身回答了……『火鼠裘……玉樹枝……龍首之玉……佛缽之石……』。」

A子一怔，想了一下後，她點點頭。

輝夜姬繼續把話說了下去。

「火鼠裘……玉樹枝……龍首之玉……佛缽之石……這些都是稀有的寶物，老實說，身為輝夜姬的妾身，原本也想見識一下真物，但如今已經不需要了，因為……」

望著手上的蘋果糖，輝夜姬笑了，笑得燦爛。

那笑容美得令人屏息，可謂驚心動魄，足以瞬間使周遭的男性陷入呆滯。

然後，在那笑容中，輝夜姬的最後一句話傳出。

「……因為，妾身從柳天雲大人那裡得到的東西，勝過全天下最珍貴的寶物。」

隨著一幕幕場景不斷過去，我陷入沉默中。

那沉默，既有複雜的思緒，也夾帶難以釋懷的愧疚。

……是啊。

當初我從輝夜姬那裡收到了和服，只是理所當然地收下，我卻從來沒有費過心思，給予輝夜姬同等心意的回禮。

所以，在收到蘋果糖的時候，輝夜姬才會捨不得吃完。哪怕她早已對此渴望多年，依舊忍住了那渴望，將其視為最珍貴的寶物。

「……」

與此同時，我也想到《竹取物語》裡輝夜姬的典故。

《竹取物語》裡的輝夜姬，始終沒有收下任何人帶來的求親禮物。因為一旦收下了，就代表接受對方的求親，必須將身心都交給對方。

輝夜姬則收下我給予的蘋果糖，將其視為禮物，並露出那麼高興的笑臉將其珍藏、稱為勝過全天下最好的寶物——其中蘊含的意義，在已經明瞭前因後果的現在，使我感到心情無比複雜，久久無法自已。

但我還是亦步亦趨地跟著輝夜姬的記憶慢慢看去，將她一切的努力都看入眼中。這是我必須做到的，如果以前沒有辦到，哪怕是現在才亡羊補牢，也必須將其徹底領會。

然而，不管再怎麼漫長的道路，都有其終點。與其同理，記憶也有界線的劃分。

我沒有錯過任何場景……最後，記憶迎來了終幕。

由於桓紫音老師無法匹配進入「問心七橋」中的「思之欲」成為守關者，且老師也身受重傷，輝夜姬只能挺身而出。只有她有這個能力阻止當時的我，因為哪怕我的道心產生裂痕，已經近乎發狂，實力依舊少有人及，近乎達到一般寫作者的極限。

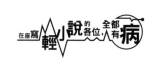

所以輝夜姬出手了，踏入「思之欲」世界，為了阻止我而來。

雙方各乘一船，操縱稻草人放箭，在無邊的濃霧中，於寬廣無邊的大河上，記憶中的我與輝夜姬展開決戰。

這一幕對我而言，還是現實中剛發生的事情，所以一切都是記憶猶新。

唯一的不同點是，這一次我是立足於輝夜姬身後，從輝夜姬的角度去觀看戰況。

「這是……!!」

不看還好，一看之下，我頓時大為震驚。

原來在當時的「思之欲」世界內，由於身處虛幻世界內，那所謂的濃霧，其實能被強者之意所左右。只是當時還不夠強大的我，沒辦法看出這一點。

而這時的輝夜姬，她以強者之意化形，將那濃霧同化，使濃霧成為她的雙眼，形成類似於單面鏡的構造。輝夜姬這邊的視線無比清明，唯獨從我那邊看來，還是一片化不開的濃霧。

也就是說，這片濃霧對於輝夜姬來說形同虛設。輝夜姬就像在與一個瞎子對戰那樣，想戰勝我可以說是輕而易舉。

但是輝夜姬並沒有下手擊沉我乘的船，而是一直裝作苦戰的模樣，想藉由自己的文字……自己的努力，重新喚醒我的道心。

「柳天雲大人，您能夠聽見嗎？」

經歷久戰後，又寫出一篇文章做為防守的輝夜姬，忽然吐出一口鮮血。

她試圖發出聲音與我溝通，但那聲音穿透了濃霧，卻無法穿透至對手的內心深處。或許當時我聽見了，也或許沒有聽見，但更有可能的……是那時已經踏上「無我之道」斬除六種情感的我，只能聽見勝利的呼喚聲。

「柳天雲大人……您能夠聽見嗎？」

隨著交戰的時間拉長，輝夜姬的身體越來越虛弱。她的健康早已亮起紅燈，如果長時間動用全力寫作，身體就會不支倒下，但哪怕如此，她依舊一聲聲呼喚著我。

「柳天雲……大人……」

那聲音越來越微弱，慢慢的，已經無法穿透濃霧。

「柳……天……」

最後，那聲音幾乎連輝夜姬自己都聽不見了。

就在激戰整整十個小時後，輝夜姬的身體已經崩潰。她滿身都是鮮血，甚至連起身的力氣都沒有，只能維持正坐的姿勢，保存生前最後的優雅。

最後的最後，於濃霧的另一端，當時的我發出指令，射出三十倍威力的「闇之雷箭」。

「闇之雷箭」射出，這一記攻擊威力太強，箭身上甚至都燃燒起了紫黑色的狂焰，帶著如同要將整個世界一箭橫穿的氣勢，朝著輝夜姬的座船電射而來。

望著那一箭，正坐著的輝夜姬抿起嘴脣。

她的表情不帶怨恨，也沒有痛苦，有的只是替夥伴擔心的憂愁。

輝夜姬直到自己快要死了的這一刻，還在替痛下殺手的對手擔心。煩惱柳天雲過得好不好，擔心柳天雲……能不能重拾本心，能不能在未來過得幸福快樂。

然後，在短短的一瞬間後，「闇之雷箭」炸穿了輝夜姬的船，她高高飛上了半空中，最後落於一塊較大的船隻殘骸上，躺著不動了。

我望著記憶中的我抱著輝夜姬痛哭，而輝夜姬吃力地說出最後的話語。

「火鼠裘、玉樹枝、龍首之玉、佛缽之石……一般來說，如果是輝夜姬的話……會考驗追求者，要求取來這些東西……沒錯吧？但是，最近妾身開始認真考慮……如果是柳天雲大人您的話……或許不需要這些東西……也沒關係……因為……妾身對您……」

當時的我沒有徹底明悟輝夜姬這句話的意思，輝夜姬的意思是，她已經收到了比這更珍貴的寶物，所以不需要這些東西。

雙方一陣交談後，像是已經放盡一切氣力，輝夜姬一動也不動地躺著，眼中的光采也逐漸消失。

「柳天雲……大人……請記住……只有能正視自己……珍惜自己的人……才

能……珍惜他人……所以……」

輝夜姬就此化為點點白光，徹底消散於世間。

獨屬於輝夜姬角度的記憶，如跑馬燈般一幕幕掃過，至此已經與現實串聯而起。

但這個虛擬世界並沒有消失，而是化為一片純粹的黑。

在那黑暗裡，我什麼也看不見。

我等待片刻，忽然天上出現了光，一道彎如眉毛的上弦月照亮了世界，重新替世界帶來光芒。

不知何時，我已經置身於一片濃密的竹林中，放眼望去全是青綠的竹子。這片竹林中唯一能供人行走的，是一條看不見盡頭的蜿蜒小道，而我站在那小道的中央處，前面充滿未知，後面也是幽幽的黑暗，一時不知該往哪走。

然後，在那月光之下，前方的蜿蜒小道忽然傳來輕輕的腳步聲。那腳步聲並不大，但在只有風響的竹林裡，卻成為了唯一的人聲。

「……」

我遲疑片刻後，決定站在原地靜靜等待。

然後，在那淡淡月光的映照中，青綠竹林的襯托下，穿著紅色和服的輝夜姬自

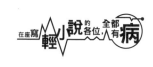

對面走來。

這紅色和服我從未見輝夜姬穿過，看起來層層疊疊，帶有許多內層。其上的花紋複雜玄奧，看起來端莊而慎重，有著正式場合獨屬的厚重感。

正當我認為又陷入輝夜姬的某段回憶裡，打算靜觀其變時，這時卻發生意想不到的事。

「柳天雲大人……」

表情帶著如月色般的溫柔，輝夜姬的妙目向我看來，一直望入我的眼眸深處。

被輝夜姬所呼喚，我先是一愣，然後因為太過驚訝而結巴。

「妳……妳看得見我？」

輝夜姬點頭。

在驚愕過後，我很快明白過來……大概，眼前就是輝夜姬殘存的執念。她擁有與本人同樣的記憶，但卻沒有同等的力量，可以說是輝夜姬的分身。

看到輝夜姬再次出現眼前，我不禁百感交集，明明已經決定不再掉淚，這時卻又感到強烈的鼻酸。

我有太多想說的話，一時之間又不知從何說起。

這時輝夜姬先開口了：

「柳天雲大人，您知道這套和服的由來嗎？」

輝夜姬展開袖子在原地轉了一圈，讓我看見和服的整體。她轉身時看起來有些吃力，似乎和服那層層疊疊的內襯，帶來的重量並不輕。

我不明白輝夜姬為什麼提及和服，但既然她想問，那麼我就會回答。

「呃……是成人式穿的和服嗎？」

我對和服的知識可謂十分淺薄，只能胡亂猜測。

輝夜姬掩嘴輕輕一笑，看到她這麼笑，我知道自己大概沒答對。

然後她開口解釋：

「這套和服正名為五衣唐衣裳，又名十二單。」

我一怔。

十二單嗎？之前為了研究輕小說資料，我曾經在註解裡看過關於這套和服的介紹，只是沒有看過實物的照片，所以第一時間沒有聯想到這上面。

五衣唐衣裳，又名十二單，是日本女性傳統服飾裡最正式的一種，曾在平安時代被做為貴族女性的朝服。由於穿戴極為困難，現代女性一般只有最嚴謹的場合會穿上。

輝夜姬始終注視著我，臉上露出微笑。月光映照在輝夜姬的臉上，使她的俏臉顯得更加白皙。

「妾身會穿上這套和服，是因為有很重要、很重要的話想對您說，在穿著上，當然也必須給予相同程度的敬重。」

「呃……很重要的話……？」

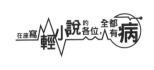

我不解。

就像猜不到輝夜姬的穿著那樣，我也猜不到她想說的話。輝夜姬一直以來都不是我可以看透的。那純淨的心思，領導者特有的沉穩氣質，有時說出色氣的話本人卻一點都沒有自覺，還有偶爾露出慌亂時的可愛——從不同角度所構成的輝夜姬，就像皎潔的明月那樣獨一無二，且面貌多變。

但毫無疑問的是，輝夜姬對我來說非常重要。在她成為怪人社一員的那一刻起，就是我必須捨命保護的珍貴夥伴。

輝夜姬這時候輕輕撫摸小道旁的竹子，然後笑著對我說：

「柳天雲大人，您知道《竹取物語》的故事裡……輝夜姬的由來嗎？」

我也看過《竹取物語》，所以點點頭。

「輝夜姬是由竹子裡出現的，並由一對年老夫婦養育長大。」

輝夜姬凝視著我，忽然她輕輕一歪頭。

「這次居然答對了呢？」

喂！難道妳認為我會答錯嗎？我好歹也是博覽群書的好嗎!!我閱讀的文字量如果串起來，可能比一般人走過的路還要長喔!!

看到輝夜姬的小動作，我感到無語。不過很可愛所以算了。

「請原諒妾身的無禮，但是柳天雲大人願意瞭解妾身，讓妾身……非常開心，開心到有點得意忘形了。」

輝夜姬朝我微微一鞠躬，示意賠禮。

然後，再次直起身的她，環顧周遭的竹林，臉上的笑容慢慢收斂，取而代之的是惆悵與追思。

「……」

看到輝夜姬的表情，我明白輝夜姬接下來說出的話，肯定對她而言非常重要。於是我靜靜站著，等著輝夜姬把話說下去。

經過片刻，輝夜姬像是終於整理好情緒，撫摸著竹身的手滑落。

「是的，就像您所說的那樣，竹林是輝夜姬的起源……所以，妾身也想在這裡，替輝夜姬畫上句點。」

一邊說，輝夜姬慢慢邁步向我走來。

「如同您所知曉的那樣，妾身的本體已經消亡……在此地的妾身，也只是殘存的最後一絲執念罷了，轉眼就會消散。

「所以妾身用最後的力量，創造了這片竹林，接引您的意識來到此地……沒有經過您的允許就擅自行動，柳天雲大人，請您原諒妾身，這是妾身最後的任性了。」

此時輝夜姬已經走到我的面前，嬌小的她抬起臉蛋看向我。

「因為……在替輝夜姬畫上句點之前，妾身無論如何……也想向您道別……」

聽見輝夜姬做出解釋，我點點頭，沒有說話。或許我得說些什麼，也或許不說更好，我只知道自己與輝夜姬那雙飽含情感的雙目近距離對視時，變得什麼話也說不出口。

因為輝夜姬的眼神太過溫柔，溫柔到幾乎要沁透我的內心。明明是在這個距離，我可以聞到輝夜姬身上的香氣，也可以感受到她的呼吸。明明是虛擬世界，一切卻都顯得那麼真實。

然後，輝夜姬輕聲向我詢問：

「那麼……柳天雲大人，您知道《竹取物語》裡……輝夜姬最後的結局嗎？」

我點點頭，示意知道。

輝夜姬輕輕一嘆，然後道：「故事中的輝夜姬，最後回到了月亮上。就像命中註定好的那樣，她哪怕短暫滯留於人間，終有一天也得重回故鄉——因為輝夜姬原本就不屬於人間，人間沒有她的容身之處，唯有那散發光輝的月亮，永遠對她敞開歡迎的大門……

「……所以，哪怕輝夜姬自己是不願意的，害怕月亮上的清冷孤寂，她也不得不回去，因為只有那裡……才是她的棲身之所，是屬於輝夜姬的歸宿。」

我再次點頭。

輝夜姬微微一笑。

「雖說如此……可是，在遇到柳天雲大人後，妾身的想法有了改變。

「故事中的輝夜姬因為不想重返月亮，對此也做出抗拒，付出了努力……但她終究沒有遇到柳天雲大人，沒有遇到願意付出一切留下她的人。

「妾身與故事中的輝夜姬同理……不願回到那孤獨冷清的月亮……所以，妾身想向您提出一個請求……」

提出一個請求？我一怔。

我還沒回過神來，輝夜姬的手輕輕搭住了我的手臂兩側，並再次上前一步，將她的臉抬起。她的臉很快紅了，明明是自己選擇採取這樣的動作，但輝夜姬自己卻害羞起來。

以近乎擁抱的姿勢，兩人、兩張臉近距離對視。輝夜姬與我之間從未如此接近，這幾乎是只有戀人能夠抵達的距離。我能感受到輝夜姬身軀的柔軟，與她那無法掩飾緊張的顫抖。

最後，輝夜姬像是終於鼓起了勇氣那樣，紅著臉，用極為鄭重的語氣對我發話。

「……柳天雲大人，您可以成為妾身的月亮嗎？」

「!!」

輝夜姬簡簡單單的一句話，傳入我耳中後，卻有如雷擊，讓我心神大震。

因為這句話蘊含的意義太深，也太微妙，必須背負起的心意更是沉重。

輝夜姬原本的歸宿，是在月亮上。

而輝夜姬請求我成為她的月亮，也就是說，要我成為她的歸宿……成為她的棲

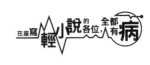

身之所……成為能夠取代月亮的整個世界……

「……」

沉默片刻後，我點點頭。

輝夜姬直視著我，像是對我的短暫沉默也有了理解，她露出有點複雜的微笑。

「您果然是個風月老手呢……可是，誰教妾身偏偏喜歡這樣的您呢？」

語畢，輝夜姬忽然踮起腳尖。

將柔軟的嘴唇貼到我的嘴唇上，搭住我手臂的雙手也變為環抱，輝夜姬抱住了我，送上她人生中第一次的吻。而在兩人嘴唇互相接觸的那一瞬間，輝夜姬的身上開始散出點點白光。

身為本體殘存的一絲執念，眼前的輝夜姬本來就相當虛弱，在創造這個月下的竹林世界後，加上說出這麼多話，她勉強堅持到了現在，存在終於開始消散……

兩人維持著接吻的動作，輝夜姬的身軀在月色下不斷散去……散去……化為朦朧的點點白光，那白光與輝夜姬同樣美麗。

但是，這一次輝夜姬的消散，與之前他人的消散，有了些許不同。

曾經我看過死去的人們，都是化為點點白光，被風吹散後，消失於天地之間。

而眼前的輝夜姬……她化為白光之後，那些白光在空中飄蕩片刻，又慢慢下降，融入我的身體內。

那點點白光，帶著輝夜姬特有的溫暖，沁入了我的全身，最後逐漸匯集成流，在我的「本心之道」旁化為一道守護的力量。

與此同時，腦海裡也閃過在「問心七橋」裡，輝夜姬的本體在離世之前說過的話。

妾身今日的榮光……將化為您明日的皇冠之影……

妾身將化為逝去的影守護您……與您同在……只要您願意偶爾記起妾身，那妾身就會一直存在……

在彷彿成為永恆的親吻中，輝夜姬殘存的執念終於徹底消散。

第五章 我喜歡的學長不是學長

四面八方全是海水，我的身體在海中不斷下沉，就在這時我睜開眼睛。

剛剛的一切，於我而言雖然非常漫長，但其實都是精神世界內發生的事，從接觸輝夜姬的殘存意志到現在，現實中只過去短短幾秒鐘。

四周的水壓越來越強烈，不斷從我的肺部擠壓出氧氣。

我跳入海中，原本就是為了尋找輝夜姬的殘存意志，在已經功成圓滿的此刻，當然也沒有繼續留在海中的必要。

於是下一瞬間，我以強者之意呼喚出光之翼，迅速破開水面衝到天空中。由於飛勢太過強烈，那一併被帶起的沖天水浪，乍看之下如同起了海嘯。

先是在半空中停留，然後環視整個世界，最後我視線停留在海面漂浮的光球上，那是「轉轉城堡君」的核心所在。

我伸出手，朝下方虛空一按。

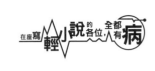

我這一按，使強者之意化為一隻隱形的大手。那隱形大手帶著滔天氣勢，向著「轉轉城堡君」的核心狂襲而去。

這一按、一襲，充斥著洶湧的強者之意與我的個人意志，甚至連虛擬世界的力量都有一半被我所調動，加入這一擊中。

我想要穿透「轉轉城堡君」核心前的無形之牆，將其強行鎮壓，使A高中的動亂就此消弭!!

而無主意志，在我破出水面的瞬間，彷彿感覺到某種危機那樣，從沉睡中徹底甦醒，氣息變得無比張揚。它似乎也感受到了我這一按的力量，發出足以傳遍整個世界的咆哮聲。它畢竟是輝夜姬生前留下的強者之意，所以依舊是鼓足了氣勢，所以想要激烈反抗……想要像過去那樣，以無形之牆抵擋一切攻勢。

無主意志，它顯然對自己很有信心，所以不管什麼樣的攻勢，都以無形之牆抵禦。

畢竟過去已經證明過許多次，哪怕我的本心之道已經圓滿大成，也無法在短時間內打破它的防禦。甚至就理論上來說，只要附著於無形之牆上的力量還有剩餘，它就是無敵的，就是不敗的。

可是，理論終究只是理論。

隨著強者之意化出的隱形大手，夾帶洶湧之勢呼嘯前行……那隱形大手徹底無視無形之牆，將其穿透後，在無主意志的咆哮聲中一把抓住了海面上的光球，將其捏在手心間。

相當於人類被抓住了心臟那樣，無主意志在弱點被掌握的瞬間，它感到無比慌亂，不停促使光球劇烈掙扎，我甚至能感受到它浮現錯愕的情緒。

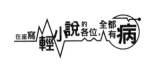

「給我臣服，讓A高中重歸平靜，不然我就捏碎你!!」

對著無主意志冷冷發話，我俯視著下方的光球。

「無主意志啊，我承認你確實很強。但你直到現在還沒有察覺嗎？為什麼我能無視無形之牆，為什麼我能調動這個世界一半的力量……曾經身為輝夜姬的強者之意的你，居然如此遲鈍嗎？」

無主意志聽我如此說，像是在仔細辨認我身上的氣息那樣，慢慢安靜下來。

不久後，底下的海洋瞬間沸騰了。那是無主意志在訝異、不解、困惑、遲疑等諸般情緒混合後，最後造成的震驚。

「……」

我沉默著雙手合十，喚出意念之刀。但我沒有用意念之刀去斬，而是讓其懸浮在世界的最上方，讓無主意志仔細看清。

原本我的意念之刀，是純粹由天空藍為主色，但此刻在那湛藍之外，表層已經依附一層聖潔的白光。那光芒帶著守護之意，同時也隱隱散發出強大的力量。

先前在竹林中，輝夜姬的殘存執念消失後，就化為點點白光，融會到我的「本心之道」旁化為守護的力量……所以我的意念之刀才會改變了顏色，並能憑著輝夜姬的氣息調動世界一半的力量，施展那凌厲無比的意念之手。

在喚出意念之刀後，我對著無主意志、對著整片天地發出大喝：

「輝夜姬曾經的執念就在此地，你還不臣服？難道你還要繼續毀掉輝夜姬留下的心血，想要繼續破壞你們曾經建立起的情誼，想要繼續失控使一切滅亡!!

「——所以，臣服吧!!我柳天雲會再次賦予你新的意志，給予你新的守護之力，讓你能繼續鎮守此地，繼承前主人的遺願!!」

大喝聲在整片世界中激起了回音。

無主意志沉默許久，最後，原先在隱形大手內激烈掙扎的光球，忽然靜止下來。

我鬆開隱形大手的箝制，那光球慢慢飄浮了起來，飛到我的面前，位於伸手可及的範圍內，一動不動。

「……」

我嘆了一口氣。

在慢慢向光球伸手過去的同時，我的眼前也浮現輝夜姬俏麗的身影。

「……我辦到了。」

「我沒有違約，我會替妳守護A高中的子民。」

在將自己的強者之意注入「轉轉城堡君」的核心，讓其重新變得穩定的同時，我忍不住輕聲發出嘆息。

「輝夜姬，復活妳之後，我會給妳一個真心的答案……」

「因為妳渴望的歸宿，肯定也存在於……大家都能露出笑顏的那個未來。」

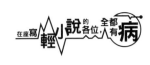

意識回到現實世界後，我踏出輝夜姬的居所。

隨著「轉轉城堡君」的核心回歸穩定，A高中的動亂也終於停止。或救傷者、或整頓家園，A高中的學生們開始忙碌起來，將原先的死氣一掃而空，另有一番新氣象。

這一次的災難裡，罹難的學生只有一名，也就是飛羽。

雖然飛羽是打算貫徹自己對於輝夜姬的「騎士之道」，但同時也是為了拯救學生而死。許多尊敬他的學生們自動自發地聚集在廣場上，替飛羽展開哀悼。

這時候他們還不清楚輝夜姬也已經死去，為了避免學生再受打擊，我吩咐棋聖將消息隱瞞下來，令他暫時成為A高中的領導者。

當然，為了避免狡猾的棋聖再次作怪，在從A高中離去之前，我對其施以嚴厲的警告。

雖然不像虛擬世界中那麼誇張，但現實中的我，也能引動類似於怪物君登場時，那足以激起飛沙走石的氣勢。感受我的氣勢後，棋聖臉色發白，露出難以置信的表情。

當著棋聖的面，我如此警告他：

「聽好了，棋聖。如果說，在踏進『轉轉城堡君』的幻象世界之前，我要斬碎你的道心，就像踏死老鼠那樣容易，那麼……」

我重重一拍棋聖他的肩膀，示意他日後別輕舉妄動。

「……那麼，現在的我要斬碎你的道心，比捏死一隻螞蟻還要簡單。」

透過搭著對方肩膀的手掌，我感到棋聖整個身體都顫抖起來。

……我並沒有說謊。

在「轉轉城堡君」的虛擬世界裡，我齊集現在、過去、未來，圓滿自己「本心之道」的道心，在這時，我的實力已經變得強橫無比，強到足以登上「返璞歸真」之境。

加上後來於竹林裡，獲得輝夜姬的殘念守護之後，我的實力又更上一層樓。

如果說，我原先的實力還可以大致上估量……那麼現在……

「現在，連我都不知道自己有多強……」

「原來輕小說家……可以如此厲害……可以強到這種地步……」

在沿著登天之梯走下時，我感受著體內近乎無窮無盡的強者之意，不禁嘆了口氣。

「如果是拙劣的寫手，說不定會質疑……『道心』的完善，對於輕小說家究竟有什麼幫助吧。畢竟只有強大的輕小說家能夠理解『道心』的重要。

「或許與進入『轉轉城堡君』前相比……此刻，我的文字造詣並沒有獲得明顯增

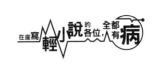

長，但隨著心中的滯礙消除，文思的運用，想法的理解，都將比原先高出數個檔次。

「如果打個比方，就是兩個身體素質相同的人，一個只會胡亂揮拳攻擊，而另一個則能有系統地運用自己的力量，能發揮出來的戰力，完全是天與地的差距……」

或者說，是質量上的差距。

就像當初怪物君進攻C高中時，明明C高中擁有許多輕小說家，可以說是高手成群，孤身一人的他卻有如虎入羊群，羊群甚至都無法生出反抗的念頭，所以C高中才會不戰而降。

因為早在一年前的那時，怪物君就已經跨入了返璞歸真之境，甚至擁有在那之上的實力。

「現在的我，與當時進攻C高中的怪物君，究竟誰更強一些……？」

我思考許久，但得不出答案。

「唯一可以確定的是……當初的我實在太天真了。我以為憑藉斬去七情的『無我之道』就能與怪物君一較高下，在現在看來，哪怕我斬掉了七情，最多也只能擁有一戰之力，可以進行短暫的纏鬥，但最後敗北的人肯定會是我……」

唯有站在更高的地方，才能俯視低處，將下面的景色看得一清二楚。

而輕小說家也是同理，除非持有齊平的實力，甚至擁有超越對方的境界，才能看破虛妄，贏來真相。所以，當初的我才會如此執迷不悟，試圖走上從一開始就註定是死路的「無我之道」。

而「過去的我」與「未來的我」，他們所走的「孤獨之道」與「殺戮之道」也都是行不通的。他們也很強，但最多只能與斬掉七情的我在伯仲之間，哪怕走得再遠，最後也會倒在怪物君的王座之前。

在登天之梯走到一半的同時，在那城堡的至高處，我朝下看去，看著忙碌中的A高中學生們，也漸漸想通一些情報。

那是事關重要，牽扯到未來的重要情報。

「……不久之前，我往上攀爬登天之梯，那時我有了猜測——未來的方向，或許是無法被徹底修正的。就算改變了行進途中的小事件，那些代表癥結點的大事件，依舊會以另一種形式上演，不會偏差絲毫。

「——但是現在，毫無疑問，我已經改變了某種未來，或者說改變某條時間線的癥結點！」

將手掌按向登天之梯的扶手，我看向城堡底下，帶著些許激動，一字一字地將心中的想法鄭重道出。

「——這座還保存完好的城堡，與底下全體存活的學生，就是最好的佐證！在『孤獨之道』、『殺戮之道』、『無我之道』這三條可能的未來裡，A高中都邁向徹底滅亡的結局。而現在……學生們活下來了，幾乎全都活下來了！

「換句話說，未來可以被改變——時間線也可以被改變!!或許那無數的死路裡，僅僅存在一條生路……也或許必須嘗試千次、萬次才能找到那生路，但哪怕如此，

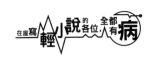

在那一萬次才出現一次的時間線裡，一定也存在大家都能露出幸福笑容的未來!!」

同時，那也是我承諾給輝夜姬的未來。

等到A高中的局面安穩後，我再次通過傳送門回到C高中。

看著熟悉的校景，我明白自己還有該做的事。

「不是贖罪，也並非想請求原諒……」

曾經為了踏上「無我之道」，因為我的執迷不悟，對桓紫音老師造成很大的傷害。當時看見我撿起「問心七橋」的鑰匙，選擇斬斷師生之間情感，桓紫音老師落淚離去。

可是在那之後，哪怕她名義上已經不是我的老師了，在我闖到「問心七橋」的最後一關，桓紫音老師仍挺身而出，試圖成為試煉的守關者，不斷匹配失敗，導致身受重傷。

在那之後，輝夜姬又因我而死……大概在桓紫音老師的心目中，我已經是罪無可赦的大混蛋，這時談起贖罪或原諒都顯得無比蒼白與空洞，我想做的，是把真實心意傳達給老師。

我想告訴桓紫音老師，我一直以來都很後悔。不管發生什麼事，她都是我的恩師。

從我弱小的時候就照看著我，雖然嘴上用中二的臺詞不斷嫌棄，並稱我為「零點一」，但桓紫音老師比誰都瞭解寫作對我的重要性。桓紫音老師也從未因我的實力增強而讓態度產生變化，她所看見的……是喜歡寫作的柳天雲，而非身為寫作強者的柳天雲。

在校園裡行走時，我詢問路過的學生，桓紫音老師人在哪裡。

「啊、柳天雲大人，老師人在E大樓的保健室養傷哦，那邊是特別偏僻的區域，因為老師要求獨自靜一靜。」

「……我明白了。」

我謝過回答的學生，然後腳步一轉，朝E大樓走去。

這一次的路途中，我碰見怪人社的成員們。

風鈴、雛雪、沁芷柔在E大樓前站著，她們三人似乎已經在這裡站了很久，又似乎早已猜到我會前來此地，默默注視著我的同時，臉上也帶著悲傷與沉重。

我站到三人面前，朝她們低下頭。

「……對不起。」

在「問心七橋」裡，我也與她們交手了。我沒有聽從夥伴的勸告，而是一意孤行，這並不是怪人社社長該有的表現，更不是朋友之間能存在的行為。

所以我低頭向她們道歉，以朋友的方式。

風鈴、雛雪、沁芷柔望著我，都是沉默不語。她們害怕我失去輝夜姬後再次崩潰，道心會再次失守，所以在斟酌著發話的字句。

「我……」

我本來想向她們解釋我在A高中的所見所為，但最後還是選擇了沉默。

畢竟，這不是一句「沒關係」、「我原諒你了」就能輕鬆帶過的事。有一位怪人社的成員隕落，怪人社從此缺了一角。

慢慢的，看著我欲言又止的表情，像是悲傷終於潰堤了那樣，她們三人都落下了眼淚。

……是啊，輝夜姬不只是對我來說很重要，對於其他怪人社的成員來說，也同樣是無可替代的珍貴存在。

大家一起度過了許許多多的日子，歷經悲傷與歡笑，跨越艱困與痛苦，最後才走到了這一步，能夠融化心中的隔閡，成為把背後交付給對方的夥伴。

然後，沁芷柔先走了上來。

她抱著我大哭出聲。那哭聲中帶著對輝夜姬的追思，更帶著無法輕易釋懷的哀慟。

然後風鈴與雛雪也靠近，三人圍繞著我，抱住我，就像想從我身上尋求溫暖與寬慰那樣，三人一起痛哭失聲，哭得鼻子都紅了，眼睛也慢慢變得浮腫。

用帶著哽咽的腔調，沁芷柔在我耳邊哭喊道：

「不要再這樣了！不要再離大家而去了!!怪人社不能再變得更冷清，你明白嗎，柳天雲？你明白嗎!!」

在沉默中，我點點頭。

只有大家都在的怪人社，才是完美的整體。在幻櫻離世後，我們再次失去了輝夜姬。

風鈴則哭得比沁芷柔更慘，比誰都溫柔的她，承受的心理壓力也更加強烈，我輕拍她的背，示意安慰。

而雛雪則用力把眼淚擦在我的袖子上，像是要進行報復那樣，她狠狠瞪我，同時把指甲掐進我的手臂內。

「——學長，雛雪不准你露出這樣的表情!!」

明明也在哭泣，但雛雪卻在拚命故作堅強。

「——雛雪不是已經說過了嗎!!雛雪眼中的你，帥氣，堅毅，眼神明亮……不會被任何事物擊垮，內心強大到可以拯救任何人!!

「——那麼，現在露出軟弱表情的學長，究竟是怎麼回事!!你不是要成為雛雪的英雄嗎？不是要以內心的溫暖來拯救雛雪嗎？那就做給雛雪看，不要輕易倒下，不要敗北——也不要再拋棄任何人!!」

朝著E大樓用力一指，雛雪臉上的眼淚震落。

「所以去吧!!露出自信的表情，去那裡尋求老師的原諒，然後成為比任何人都更好的你!!這才是學長現在應該去做的事，這才是對得起輝夜姬的行為——這才是——雛雪所喜歡的那個學長！！！！！」

處於無口狀態時，明明比誰都更加安靜的雛雪，在這時卻說出一連串的話。所以，雛雪的這一番話不光震懾了我，也讓旁邊的沁芷柔與風鈴大吃一驚。

沁芷柔首先反應了過來，並且立刻質疑。

「妳、妳竟然趁亂告白？」

兀自夾帶著剛剛發話的氣勢，雛雪向沁芷柔看了過去。

「喜歡、喜歡、喜歡，就是喜歡!!雛雪超級喜歡學長!!有問題嗎!!」

「當然有問題!!」

沁芷柔臉上的眼淚也滑落，依舊沉浸在悲傷情緒的她，一邊哭一邊大叫。

「明明是本小姐先到的，不要插隊!!我可是還在沙坑裡玩的時候就認識他了哦？比妳們都早，也比妳們都更喜歡他，喜歡到可以等這麼多年也不放棄!!」

眼看一場莫名的爭吵似乎就要發生，風鈴左看看雛雪，右看看沁芷柔，她先是膽怯地退後兩步。然後像是想到了什麼，忽然將手按在胸前，一咬牙，露出堅定的表情。

「那、那個，風鈴其實也——」

但是風鈴一句話還沒說完，忽然E大樓裡的某間教室裡，有人重重把門推開，大門撞在門框裡發出「砰」一聲巨響。

然後，那個推開門的人像是怒氣已經蓄滿到了極致，扯開嗓子發出大吼聲。

「吵死了、吵死了——————！！！！！！

「妳們是發情的母貓嗎!!別在老娘養傷的門口外面一邊哭一邊搶男人，給吾去別的地方搶!!」

帶著嚇人的怒氣，穿著紫黑色西裝與披風的桓紫音老師，罵到氣喘吁吁地靠在保健室門口喘氣。

狠狠瞪視所有人後，桓紫音老師再次重重關上了門，又發出「砰」的一聲巨響。

我、雛雪、風鈴、沁芷柔看到這幕，一時都忘記了剛才的爭執，你看看我，我看看你，面面相覷。

最後，她們三人站到我背後，一起伸出手，輕輕推在我的背脊上。

「去吧，柳天雲。」

「去吧，前輩。」

「去吧，學長。」

我先望向保健室門口，有些愕然，但半回過頭看見她們的表情後，很快理解了她們的用意。

風鈴輕輕道：

「顯然比起現在的我們，老師更需要前輩。」

雛雪與沁芷柔也點頭。

「……」

是啊，如果說怪人社是一個整體，那桓紫音老師就是把我們統整起來的靈魂人物，她是不可或缺的。在已經充滿悲傷的怪人社內，桓紫音老師是不能倒下的存在，所以我必須解開與老師之間的心結。

我閉目片刻，接著輕聲回答。

「……啊啊，我明白了。」

於是，我就在她們三人的注視下，走到保健室門口，伸手敲門。食指指節敲在金屬門板上，發出「叩叩叩」的聲響。

「……」

等了許久，保健室內沒有人回應，於是我又「叩叩叩」地敲了第二次。

這次有人回應了，但我聽到的卻是粗聲粗氣的應答。

「滾!!」

多麼簡單的一個字。

終於得到老師的理睬，我立刻把話接下去。

「……桓紫音老師，我已經明白了，自己之前的抉擇是錯誤的。我也曾因此陷入痛苦與悔悟中，但後來我明白了……空有悔恨的自己，是無法往未來繼續邁進的……所以，我想要尋求您的原諒——」

我深深吸一口氣後，把話繼續說下去。

「——所以，我想要再次成為您的學生，接受您的教誨。」

門內安靜了片刻。

接著，桓紫音老師的聲音從保健室內飄出。那聲音很冷，充滿缺乏商量餘地的決然。

「事到如今，說這些不嫌太遲了嗎？柳天雲，早在汝拾起通往『問心七橋』的鑰匙時，那個動作代表什麼，你應該比誰都清楚。汝當初既然打算斬掉七情，不如連與吾的師生之情也斬了吧。」

「我——」

我說不出話來。

因為桓紫音老師說的是事實，當初為了尋求極致的強大，我曾經那麼過分，不留絲毫轉圜餘地……在深深傷害別人後，才跑來口口聲聲尋求原諒，當初的傷口不但不會痊癒，反而會痛得更加刻骨銘心。

可是，我此刻內心的悔恨，也絕非虛假。

我想要尋求老師的原諒，想要讓怪人社重回原狀，想要在大家都能露出笑容的未來裡，也看見老師的身影。

「……」

盯著冷硬的金屬門板，我在沉默之後，更加堅定自己的決心。

過去身為獨行俠的我，一度認為自己絕對不能服軟示弱，因為身後就是萬丈深淵，如果退了一步，就會落入萬劫不復的煉獄中，再也無法翻身爬起。

可是，如今我已經不是獨行俠了，我有太多必須守護的事物。

所以，為了背負起更多東西，哪怕彎下腰來，將自己的顏面掃地，我也不會有絲毫怨言。

所以──我──

「對不起、老師……真的對不起。求求您了……我會加倍認真練習社團的作業，也不會對您的做法再有絲毫怨言，我想要保護大家，想要使大家都露出笑容，所以──」

我一句話還沒說完，就被門內的厲喝聲打斷。

「滾開!!這些話汝當初為何就不能想到？為何就不能說出口？啊啊……吾明白了，汝其實只是想懇求吾，讓汝出戰『最終一戰』吧？不然汝也會死去……嘿嘿，難道汝自大到認為只有汝足夠強大，是唯一能拯救C高中的輕小說家？廢話少說，快滾!!滾得越遠越好，最終一戰吾自然會另想辦法，不需要一個犧牲夥伴的人來擔當大任!!」

……不是的。

……不是像您說的那樣。

「汝其實只是想懇求吾，讓汝出戰最終一戰吧？不然汝也會死去……」桓紫音老師在說完這句話後的嘿嘿冷笑，如同鐵鎚般敲擊在我的心坎上，讓我臉上變得毫無血色，身軀也開始搖晃。

我只是想要能夠保護大家，只是想要重新看見大家的笑容。

我……

「都叫汝滾了，難道沒聽見嗎，吾不想再看見汝！！！！！」

伴隨著桓紫音老師的厲喝，門內忽然傳來一陣「乒鏘哐」的巨大聲響。剛才有物體被狠狠砸在大門的另一端，摔成滿地碎片。從聲音聽來，似乎是一個玻璃杯。

「……」

我絕望地望著門板，卻看不見裡面的桓紫音老師，也無法尋求到老師的原諒。

站在原地怔怔出神，想著與過去桓紫音老師相處的情景，悲意不斷湧上。最後，我黯然轉身，拖著沉重的步伐，朝相反的方向慢慢遠去。

但是，就在我步伐邁出……還走出不到五步時，忽然眼前出現一道黑影。穿著卡通大熊套裝的雛雪用非常快的速度向我衝來，接著狠狠給我一巴掌。巴掌發出清脆的響聲，力道大到使我偏過頭去。

「……」

我一愣，正當我想看向雛雪時，她忽然又反手給我一巴掌，這次同樣用力。我的兩頰被巴掌打過後，各自留下一道鮮紅的掌印，熱辣辣地生疼。

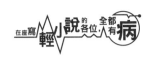

接著，雛雪拉著我的領口，把我的身體往下扯去，我們的身高差距瞬間縮小，來到能面對面的距離。

「所．以．說，學長為什麼就這樣放棄了!!」

比起被甩巴掌的我更加憤怒十倍，雛雪發出無法容忍的大叫聲。

「學長沒有放棄過當初那個沉默寡言的雛雪，現在為什麼這麼輕易就放棄了自己，放棄了與桓紫音老師言歸於好!!再去試一次，給雛雪一次又一次又一次地再試一次！！！！！」

一邊說，雛雪大踏步往保健室走去，同時拉扯著我的領子，牽動我的身體。

由於身體重心往下傾斜不穩，一時之間我居然抵抗不住雛雪的力氣，就這樣踉蹌地前進了好幾步，兩人一起站到了保健室門口。

雛雪像是豁出了一切那樣，眼中燃燒著某種熾熱的情感。那情感太過濃烈，讓心有愧疚的我幾乎無法直視。

但我還是保有說話的餘力，於是我急忙開口。

「雛雪，放手！老師說了好幾次要我滾，也說不想再看見我，妳……」

我一句話還沒說完，雛雪卻立刻用更大的聲量蓋過我的聲音。

「狡猾死了!!學長狡猾死了!!不斷接近雛雪，強迫雛雪喜歡上學長之前，你有經過雛雪的同意嗎？一直都是強硬又霸道的鬼畜王，就得拿出鬼畜王的氣魄!!給雛雪再狡猾一次，直到老師也再次喜歡上你這個學生為止！！！！！」

「我……」

我還有很多話想說，但雛雪卻完全不聽我的話，她直接拉開保健室的大門，大步跨了進去。

但這時我已經站穩身形，身材嬌小的雛雪，本來力氣就遠不如我，她再也拉不動我了。

我與雛雪，我們就這樣隔著保健室大門，一個人站在門內，一個人站在門外，近距離彼此對視。

這一刻的時間彷彿拉得很長，我能從雛雪的愛心眸裡看見強烈的決心。那決心帶起的氣勢，讓我的內心一再動搖。

「啊——!!」

在一陣令人難以忍耐的沉默中，過了十幾秒後，身後忽然傳來風鈴的驚叫聲。

「雛雪……妳的腳……妳的腳……!!」

聽見風鈴的話聲，我下意識低頭，看向雛雪的腳。

……首先映入眼簾的是一片鮮紅。

在那布滿玻璃碎片的地上，已經流滿大片鮮血，而且鮮血還在不斷擴大範圍，將觸目驚人的紅色加速散開。

「雛雪，妳……!!」

我大吃一驚，很快聯想到原因。

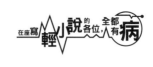

雛雪穿著卡通大熊套裝，這種連身套裝是沒辦法穿鞋子的，所以雛雪一直都是踩著布偶套裝的足底行動。

而剛剛桓紫音老師怒從心起，把玻璃杯摔在門上碎開，那玻璃碎片就像無數利刺那樣遍布門口，狠狠刺穿布偶套裝的足底，傷到雛雪的腳。

那些玻璃碎片有大有小，而雛雪硬是站在那玻璃之上，這該有多痛？鮮血能迅速染透布偶足底，並流到外面，傷勢肯定也相當嚴重。

我吃驚之下，想要彎腰抱起雛雪讓她不再受傷時，雛雪卻揮手打斷我的動作。

「學長……去向老師道歉。」

「！」

我吃了一驚，雛雪居然到現在都還在提這件事。

「先從那裡離開，妳受傷了!!」

我急聲道。

但是，雛雪卻不理我的話，繼續堅持己見。

雛雪直視著我，一字一字地道。

「學長……去・向・老・師・道・歉，答應雛雪!!」

雛雪的固執遠遠超乎我的想像，看她的意思，居然是如果我不答應繼續去向老師道歉，她就不肯讓開，要站在玻璃碎片上繼續傷害自己。

眼看那鮮血不斷流淌，也不知道玻璃碎片究竟入肉多深，著急之下，我不禁生起氣來。

我氣雛雪不肯愛惜自己，也氣她不顧一切的固執。

我畢竟力氣遠比雛雪還要大，就在我伸手下探，想強行把雛雪抱起時，雛雪卻一把將我推開。推人的反作用力，使雛雪一個踉蹌，踩到了更多玻璃碎片，鮮血飛濺而出。

「雛雪，妳……!!」

這次我真的生氣了，就在我板起臉孔，正要對雛雪表達不滿時……

這時雛雪卻對我搖搖頭，然後輕聲開口：

「學長，你忘記了嗎？你欠雛雪的東西，現在還沒還清。」

雛雪的話使我一怔。

我遲疑片刻，在慢慢想到某種可能性後，驚訝地瞪大雙眼。

難道說——!!

雛雪將雙手負在身後，抿起嘴，帶著點緊張地看向我。

踩在那有如利刃的玻璃碎片上，外表嬌俏柔弱的她，在這一刻卻展露出無比的堅毅與倔強。

然後，雛雪開口說話。

「就在這裡，雛雪要使用『一次絕對不生氣』的權力!!」

第六章 重回怪人社

曾經我與雛雪打賭，如果她成功證明「兩個人可以使用隱身術」，我就必須贈予雛雪「一次絕對不生氣的權力」，不管她犯了什麼錯，我都必須無條件原諒她。

雛雪也曾經好幾次提醒我打賭的約定……可是，我作夢也沒想到，雛雪居然會在這時候使用「一次絕對不生氣的權力」，這讓我原本想要出口長篇大論，卻在瞬間變得啞口無言。

雛雪踩在碎玻璃上的身軀，因疼痛而不停顫抖。

但她依舊沒有退縮，而是勇敢地與我面對面。

「……請原諒雛雪的任性。」

望著沉默的我，看見我臉上的猶豫，雛雪的表情忽然變得溫柔。

她繼續把話說下去。

「……雛雪也不知道自己為什麼這麼傻，明明很怕疼的，明明看到鮮血就可能會暈倒……卻還是不惜一切也要阻止學長遠去，從可能與老師言歸於好的局面離開。

「可是，在仔細思考，認真辨明自己的心意後……雛雪瞭解到了一件事。」

明明應該身處極度的疼痛中，不停顫抖的雛雪，卻對我露出複雜的微笑。

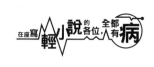

「曾經在畢業旅行的前夕，在一起蹺課溜出教室時——雛雪對學長提出『一輩子對雛雪贖罪』的請求，但是那時候學長用狡猾的回答逃脫了。現在回想起來，一定是因為從那時候起，雛雪就已經變得太喜歡太喜歡學長，喜歡到無法自拔——而且雛雪也想看見學長為贖罪而露出無奈笑容的那一天……所以雛雪此刻才會身在這裡，對學長說出這番話。」

說到後來，雛雪的音量慢慢提高。

「所以說——!!」

這一句「——所以說!!」雛雪忽然轉為大喊。那聲音震住了我，讓我的眼中瞬間只剩下了雛雪，剩下她拚命想要將心意吶喊出來的身影。

緊緊握起兩手拳頭，雛雪彎下了腰，將真正的想法嘶喊而出，直到幾乎讓喉嚨沙啞。

「——請您不要逃避現實，請您拚命跨越阻礙——直到成為能讓雛雪感到驕傲——成為讓雛雪不會後悔報以戀愛之情的——最棒的學長!!」

「……——!!」

或許是巧合，也或許是雛雪的吶喊驚擾了風中的精靈，這時忽然有一陣狂風穿過保健室的窗戶吹來，狂風撲面而來……這狂風，撩動了我的瀏海，也擺動了我的衣衫，但卻無法壓闔我直視雛雪的雙目。

沉默片刻後，我嘆了口氣。

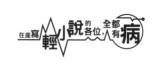

內心的複雜難以言表，望著雛雪漲紅的俏臉，慢慢的，我對她露出一個微笑。

「……好，我答應妳。」

「我柳天雲認真答應的事，從未失信過……所以，從那裡離開吧，好好去治療傷勢。」

聽見我的話，雛雪凝視我的瞳孔，確定這句話是認真的，才「嗯」的一聲回答，並紅著臉低下頭。

桓紫音老師在保健室內，而風鈴與沁芷柔也在後方不遠處，像是此刻才真正意識到在眾人面前的行徑有多大膽那樣，雛雪的臉越來越紅，忽然變得害羞起來，變得很不像平常的她。

……糟糕，這樣子的她看起來超級可愛。

雛雪紅著臉，把臉孔埋進我的胸膛裡，藏起表情不肯見人。

在有點尷尬的氣氛中，我彎腰用公主抱把雛雪抱起，接著開始思考要抱雛雪去哪裡療傷。

「療傷的話，那就是保健室……呃……」

正好保健室就在前面。

我小心地避開地上的玻璃，抱著雛雪踏進保健室。也就在第一步落下的瞬間，正式進入室內的我，終於與桓紫音老師見面，並且對視。

她原本兩隻異色瞳裡都是淡漠之意，但瞄向我懷裡的雛雪時，眼神逐漸產生一些變化。

「放她下來吧，吾來替她治療傷口。」

我把雛雪放在一張空床上，桓紫音老師拿出急救用具，先以剪刀剪破布偶裝，接著仔細地用夾子將雛雪腳上的玻璃碎片除淨，最後是止血、消毒與包紮，動作居然十分熟練與快捷。不到幾分鐘的時間，雛雪的傷勢就得到了妥善保護。

風鈴與沁芷柔這時候也踏進了保健室，大概是注意到學生旁觀的目光，桓紫音老師淡淡開口解釋。

「別看吾這樣，以前吾也曾經擔任過保健室老師。啊……不過那當然是為了在人類社會中潛伏所做的努力，汝等別產生多餘的誤會……哼，吾是因為渴求鮮血才擔任此職，別忘了吾身為血族的初衷。」

「……」

旁觀的眾人都沉默。

雖然沒人誤會，但桓紫音老師忽然有點不爽。

「汝等那『就繼續放任她自說自話吧，已經習慣了……』的表情是怎麼回事？是在心中偷偷吐槽吾嗎？」

「……啊哈哈哈。」

「這裡也不需要乾笑!!可惡的乳牛!!」

用凶狠的表情瞪了沁芷柔，沉默一陣子後，桓紫音老師終於向我看來。

「……喂！」

桓紫音老師用很不客氣的方式呼喚我。

「啊、是!?」

我嚇了一跳，像觸電般聳起背脊，並立刻回應。

接著，桓紫音老師伸出右手指向雛雪。

「回答吾，這個人是誰？」

就像要確認對方的身分那樣，桓紫音老師如此發問。

可是，她為什麼這樣發問？我一愣，目光轉向雛雪，她閉目忍痛的樣子讓人心疼，我不可能認錯身分的。

「……是雛雪。」

我如此回答的同時，桓紫音老師卻搖頭否認。

「不，這是巨乳笨蛋一號。」

聽到桓紫音老師的回答，我跟風鈴以及沁芷柔都是雙眼睜大，甚至原本在忍痛的雛雪都露出驚訝的表情。

接下來桓紫音老師又指著風鈴，朝我質問。

「回答吾，這個人又是誰？」

不明所以的連問使我遲疑，但我還是老老實實地應對。

「……是風鈴。」

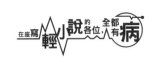

再次搖搖頭，桓紫音老師居然又有另外的解釋。

「不，這是巨乳笨蛋二號。」

風鈴被老師這麼形容，臉有些紅了，她按住胸口，似乎下意識地想要重複對方的話做出疑問，但剛說出一個「巨……？」就害羞地停止言語。

我又是一愣，滿臉問號地看看風鈴，又看看桓紫音老師。

最後桓紫音老師指向沁芷柔，對我拋出問題。

「……那這個人呢？她是誰？」

「呃……」

按照前面的邏輯來推論，這時候我應該回答「巨乳笨蛋三號」。可是，這一連串的提問簡直莫名其妙，但桓紫音老師又問得很認真，讓人感到不知所措。

就在我思考該怎麼應對時，忽然沁芷柔插入話題中。

「是超級巨乳天才三號!!哼哼……是本小姐的話，面對這稱呼也就勉勉強強接受吧？」

「罪該萬死的可惡乳牛！！！！不要擅自插嘴！！！！」

充滿不爽地斥罵沁芷柔後，桓紫音老師用很快的速度扭頭向我轉來，並立刻把話接下去。

「——給吾仔細聽好!!吾的社團裡現有的成員，毫無疑問都是一群笨蛋!!會為了維護區區的學長而受傷，會為前輩的失落而心疼，因朋友的挫敗而感同身受——總

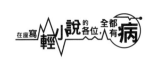

而言之，簡直傻到了極點，如果不是看在同為血族的分上，吾根本不會容許這些笨蛋在吾的附近製造笨蛋空氣!!」

「笨、笨蛋空氣？」

雛雪、風鈴與沁芷柔聽到老師的話，都是張大嘴巴發愣。

桓紫音老師也不理她們的反應，只是指著我，不爽地繼續說道：

「聽好了，輝夜姬的事情，吾根本沒有原諒汝，一輩子也不會原諒汝……但是，由於吾的社團裡這些笨蛋的存在，如果持續過這種日子，為了保護汝，她們也不知道會繼續做出多少笨蛋行徑……所以，為了保護這些笨蛋，不讓她們繼續受到傷害，吾可以暫時容忍……聽好，只是暫時容忍……暫時容忍汝回到怪人社，並為汝以前的所作所為付出代價，聽懂了嗎？」

我怔怔地聽著桓紫音老師的話。

像是想將一切的情緒都發洩出來那樣，老師用很嚴厲的語氣說著剛剛那番話，可是在說著那些話時，她的眼中卻泛起淚光。

「所以……回來怪人社吧，零點一。」

一邊這麼說著，桓紫音老師的淚水，慢慢自白皙的臉龐流下。

那淚水滴在保健室的地上，在潔淨的地面上暈開。

在這一瞬間，我也感到自己的內心深處，有某處僵硬的地方漸漸鬆開了，那是曾在拾起通往「問心七橋」的鑰匙時，因斬掉師生之情所落下的重重心結。

桓紫音老師的淚水越流越多，望著哭泣中的她，我此時才真正領悟到，在過去這段時間，老師究竟承受多大的壓力，受過多少內心的苦楚，私底下……或許也不是第一次這樣哭到難以自已。

就在我沉默著思考的同時，桓紫音老師忽然用帶著濃重鼻音的嗓音，拚命對我發出大喊聲。

「……回答呢！！！！！」

我朝桓紫音老師彎下了腰，做出深深一鞠躬。

「是的……」

然後，以真摯的心意，我對著桓紫音老師繼續把話說完，道出自己很久很久沒有過的某種稱呼。

「……桓紫音老師。」

第七章　吾社的團員有夠煩！

終於重回怪人社的我，社團作業比以前多出五倍。

此時面臨「最終一戰」的到來日，也剩餘不到十天。在忙碌的寫作修煉中，時間很快流逝，回歸怪人社的第一天，就在桓紫音老師的認真指導模式中結束。

偶爾的空閒時間，我也會感嘆一年的時間，帶給人的感受如此複雜。自己彷彿經歷了一段體感很漫長、回憶起來又覺得很短暫的奇妙旅程。從晶星人降臨開始……然後幻櫻出現，我在幻櫻的誘騙下相繼攻略了沁芷柔、風鈴，就像ＲＰＧ裡的勇者蒐集夥伴那樣，逐一把前次時間線的夥伴重新加入隊伍。

在風鈴之後，是第一人格時最安靜、第二人格時最聒譟，也是最色情與最煩人的雛雪加入怪人社，大概是從雛雪加入怪人社開始，怪人社裡就變得很熱鬧，或許有點熱鬧過頭了，但那是不會讓任何人感到孤單的溫暖氛圍。哪怕是刻意遠離眾人的幻櫻，也曾受到其影響。

也就是這種溫暖的氛圍，讓時間線第一次產生了改變──輝夜姬加入了怪人社。

輝夜姬加入怪人社，這是前所未見的事。或許所謂的命運，就是從這一刻起開始產生傾斜，漸漸偏離原先會通往的結局。雖然路程中依然感到悲傷，但卻已經不是充滿絕望，那是在幻櫻與輝夜姬相繼犧牲後，所換來的嶄新道路。

而現在……

「現在……輪到我了。

「該走的路，大家已經替我鋪好。我所該做的，就只有在『最終一戰』裡取勝……僅此而已。」

僅此而已，但這件事卻異常困難。

在狐面墜飾裡，我曾經看過幻櫻的記憶，雖然不是非常清晰，但我知道幻櫻曾經與怪物君對決過……而且落敗了。

從狐面墜飾模糊的記憶裡看來，怪物君的實力收放自如，一共有五個階段的實力，幻櫻面對第四階段的怪物君，就無法與其相抗，甚至迅速敗北。

但要清楚一件事，幻櫻早在前一次時間線，就已經達到返璞歸真之境的水準。

換句話說，怪物君擁有碾壓同境高手的實力。

而此刻，如果客觀地自我審視，「本心之道」圓滿的我……實力應該與前一次時間線的幻櫻相當，世上沒有人比我更瞭解幻櫻的寫作水平，所以可以確信這一點。

但是加上輝夜姬遺留的「守護之力」後，我就可以打破那平衡，並戰勝前一次時間線的幻櫻。

「這樣子來推論的話……大概，我現在可以應付怪物君的第四階段戰力，至少也有纏鬥不敗的能力。」

「可是……」

想到這裡，我沉默下來。

可是，沒有人見識過怪物君的第五階段。也就是說，沒有人知道怪物君如果全力以赴，究竟會強到什麼程度。怪物君曾經一再突破晶星人系統的評分，可是從他平常輕鬆自在的神態來判斷，他不是會對小比賽認真起來的那種類型，所以……怪物君的實力上限，依舊難以測量。

從六校之戰的起初，我重拾寫作之後，我就明白怪物君很強，但始終無法估量他的真正高度，不曉得他從多高的孤傲之巔上俯視眾生。

隨著後來逐漸恢復實力，我的眼界也不斷提高，但我還是不清楚怪物君的極限在哪裡。

而現在，我已經強到了返璞歸真之境，並獲得輝夜姬的「守護之力」加持，在六校之戰中，我幾乎是所向無敵……但是對我而言，怪物君依舊是充滿謎團的未知數。

這是極為恐怖的未知數，可能會導致C高中最後敗北，邁向徹底滅亡的結局。

「……」

我搖了搖頭，將多餘的念頭甩出腦海。

「無論如何，只能上了吧，已經沒有退路。不管怪物君有多強都無所謂，為了取得願望，我勢必得打倒他。」

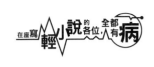

回歸怪人社的第一天，社團活動終於結束後，在深沉的黑夜裡，我走向教學大樓的保健室。

為了得到更妥善的照料，受傷的雛雪已經從E大樓的保健室轉移到這裡。

盡量不發出聲音，我輕輕推開保健室的大門。

「……啊、學長。」

已經接近深夜十一點，我本來以為雛雪會在睡覺，但雛雪卻是醒著的。她穿著病人的素色衣服，躺在床上，轉過來看向我。

然後她賊笑著對我說：

「為了方便學長夜襲，雛雪特地請桓紫音老師把保健室的大門設定成半夜只有學長能進來唷!!果然生效了嗎？要夜襲雛雪了嗎？啊、今天雛雪是危☆險☆期☆唷☆，欸嘿嘿……」

雛雪在說出「危☆險☆期☆唷☆」這句話調戲我的同時，伸手假裝敲自己的腦袋，同時閉起單眼輕吐舌頭。那模樣雖然很可愛，但我卻笑不出來。

……因為雛雪的臉色很紅。

她的臉紅並非因為害羞，而是傷口感染發燒引起的潮紅。自從昨天受傷後，雛

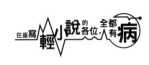

雪從半夜就開始發燒，到現在都高燒不退。

雖然有晶星人的機器在保健室內運作，會自動幫雛雪換毛巾降溫與服侍吃藥喝水，但身體嬌弱的雛雪，恢復的速度卻異常緩慢。

「……如果『轉轉傑克君』還在就好了。」

我拉過一張椅子，在雛雪的病床前坐下，一邊說道。

「轉轉傑克君」是原本在教學大樓保健室內進駐的機器人醫生，可以製造藥到病除的神奇藥丸，也能夠完美執行各式各樣的複雜手術，完全是包治疑難雜症的神醫。

但鑑於A高中在「轉轉城堡君」崩毀的事件過後，校內有大量學生受傷，加上先前輸給C高中後A高中的道具就空空如也，於是我們主動把「轉轉傑克君」借給A高中，但是現在雛雪生病，我們卻只能依靠人體的自癒力了。

聽到我的話，雛雪卻搖搖頭。

「沒關係……不在也好，那個臉上有傷疤的機器人長相一點也不可愛，而且……」

說到這，雛雪注視著我，表情似笑非笑。

「……而且，如果機器人還在的話，病『咻～～～～』一聲地治好，學長就不會來探望雛雪了吧？」

「呃……」

雛雪的聲音雖然因為生病變得虛弱，但那帶著揶揄的語意，卻讓我有點窘迫。

我本來想向她解釋自己現在很忙，必須專心練習寫作，但都還沒出口半個字，雛雪忽然把視線轉回天花板上，像鬧脾氣那樣用力吸著鼻子。

「啊～～啊～～反正學長接下來就要說『我最近很忙，對不起』、『以大局為重，我必須練習寫作』……諸如此類的像負心漢一樣的話吧？簡直就像在外面偷偷養女人的壞人一樣，學長果然是花心鬼、無敵遲鈍又不解風情、超級大壞蛋!!雛雪感到難過了哦，超級難過的喔!!」

居然可以在感冒時一口氣說出這麼多話不停頓，某種方面來說，這也是獨屬於雛雪的才能。

雖然說話的內容讓人有點汗顏，不過雛雪看到我之後變得精神許多，這讓我安心不少。

「……」

只是，雛雪在像放鞭炮那樣說完一連串的話之後，忽然又安靜下來，她頭靠在枕頭上，始終盯著天花板不放，也不知道在想些什麼。

時間就這樣一分一秒流逝，我本來打算陪伴雛雪十分鐘後就回房間睡覺，現在進入保健室已經過去五分鐘了。

「……」

最終，雛雪像是想到了什麼，她忽然臉變得更紅了。在生病的潮紅之上，又增添一抹羞澀與嬌豔。

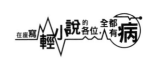

她的眼睛緊張地飄來飄去，忽然輕聲說道：

「……之前也是在保健室，雛雪向學長告白了呢，在大家的面前說自己喜歡學長，而且非常非常喜歡，喜歡到對學長抱有強烈的戀愛之情。」

「……!!」

其實我一直想逃避這個話題。

只是雛雪也明白，在「最終一戰」來臨前，我會變得極為忙碌……很有可能，這次就是我們兩人獨處的最後機會。

「最終一戰」勝負難料，每個人都有可能會死，所以她幾乎是不顧一切地把話挑明，哪怕對話過程再尷尬，她也不想在心中留下疙瘩……與絲毫遺憾。

雛雪這時忽然說道：

「學長，你還記得畢業旅行前夕，我們兩人蹺課的時候，雛雪對學長說過的話嗎？

「那時候，雛雪請學長請您一定要贏下最終一戰，讓雛雪見證學長口中所謂『一輩子贖罪的延續』，讓雛雪看見狡猾的學長……因為贖罪而露出無奈笑容的那一天……」

我當然還記得這件事，雛雪當時在欄杆前回頭的身影，我一輩子難以忘懷。

「嗯，我記得。」

於是我點點頭。

雛雪忽然又笑了，但她這次笑得有點狡猾，接著她把雙手合十，擺出拜託的姿勢。

「話又說回來……雛雪呢，有聽說過任性是病人的特權，那麼雛雪應該也可以稍微任性一下吧？雛雪呢，想拜託學長先讓雛雪見識一點點『問題的延續』，只要一點點就好，一點點哦!!」

我一愣，不解雛雪的意思。

「呃……見識一點點『一輩子贖罪的延續』？什麼意思？」

雛雪看到我的樣子，這次抱起頭露出懊惱的樣子。

「嗚啊哇～～雛雪真是對牛彈琴、不，是對木頭彈琴!!學長好笨、好不懂女人心、大傻瓜大壞蛋去死吧!!去跟寫作結婚生下小寫作吧!!」

「呃……就算妳這麼說……」

「給我閉上眼睛!!」

「？」

雛雪說著忽然著急起來，並請求我閉上眼睛。迎著她那張帶著羞澀與嬌豔的俏臉，不明所以的我慢慢閉上雙眼。

在雙眼閉上的黑暗中，我忽然又聽見雛雪發話。

「靠近一點啦!!太遠了!!」

扯著我的衣服將我往前拉，我因此身體嚴重前傾，必須以手掌撐在病床的邊

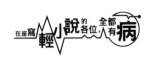

緣，才不至於壓在雛雪的身上。

接著，我忽然感覺到雛雪的呼吸。

在一陣柔軟中，雛雪的嘴唇貼上了我的嘴唇。

「…………………………………………」

我沒有睜眼，而是持續閉目。

時間在這一刻變得相當漫長，最後打斷這一次接吻的，是後退大口喘息的雛雪。

「啊、哈……哈……哈……接吻的時候原來這麼難呼吸的嗎？喘不過氣了……也沒有檸檬味，少女漫畫騙人!!雛雪對少女漫畫要失望了哦，超級失望的喔!!」

雖然我覺得不能呼吸與雛雪感冒鼻塞應該很有關係，少女漫畫是無辜的，但我沒有指正雛雪，而是慢慢睜開眼睛。

但我剛睜開眼睛，雛雪忽然用手掌捧住我的雙頰，然後紅著臉，用很認真的態度對我發話。

「……所以說，可以再一次吧？」

雛雪似乎也沒有等我回答的打算，她直接又靠了過來，使嘴唇與我的嘴唇相接。

這時候外面的天空似乎有雲朵飄過，遮擋了來自窗外的光芒，原本光線就極為昏暗的保健室變得伸手不見五指，雙方都只能透過體溫與觸感察覺對方的存在。

在那無盡的黑暗之中，我始終保持沉默，保健室裡只剩下雛雪的話聲與喘息聲。

「再一次……」

「……」

「嗯……唔……嗯……」

「……」

「再來一次……」

「……」

「再一次……啊、雛雪學會了，可以呼吸了。欸嘿嘿……厲害吧？雛雪很厲害吧？」

「……」

「……雛雪可以伸舌頭嗎？」

「……」

「不要躲雛雪的舌頭!!雛雪可是病人唷，可以任性的!!」

「……」

「學長不是鬼畜王嗎!?說好的鬼畜呢!?不要總是讓女孩子主動，雛雪會哭唷，真的會哭唷!!」

許久後，我從保健室內走出。

望著天邊的月亮，我沉默許久。如果透過接吻能讓雛雪得到一點勇氣，使付出這麼多的她獲得一點回報，那我就不該拒絕。

可是，我明白與雛雪接吻代表的意義。如果有往後的話，就是將「一輩子贖罪」這問題的延續，在往後變得艱難十倍的選擇。

懷抱複雜的心思，我拖著疲憊的身軀往臥室走去，同時掐指計算所剩的時間。

……距離最終一戰，還剩九天。

接下來的日子裡，我就像從前那樣，接受桓紫音老師的悉心教導。

就算我現在變得這麼強了，桓紫音老師還是有可以教我的東西，不愧是名師。如果說有人天生特別適合當老師的話，那桓紫音老師大概就是這類型吧。當然，自負自傲於血族身分的她，絕對不可能同意這番話。

總而言之，我、風鈴、沁芷柔維持著一天幾乎有十八小時的寫作練習，沒有一刻懈怠。為了替最終一戰備戰，這段日子無疑是目前以來最艱苦的，但沒有人有過怨言；因為從桓紫音老師終於開始像吸血鬼的黑眼圈裡可以看出，傷勢未痊的她，甚至比我們更加疲倦。

然後，就在距離最終一戰還剩下七天時，這天早上，雛雪柱著拐杖也重新出現在怪人社裡。

那時是自習時間，桓紫音老師暫時離開去處理A、C兩所學校的校務，現在兩間學校都由她負責了。當我、風鈴、沁芷柔都在埋首於社團作業時，雛雪「嘩啦」一聲推開門。

「鏘☆啷★！小雛雪閃亮登……」

本來打算用開朗的語調開場的她，發現我們都專注於寫作後，頓時安靜下來。杜著拐杖到自己的位置坐下，雛雪乖乖地畫自己的漫畫，沒有驚擾我們。

大概過去兩小時後，我們三人的社團作業也相繼完成，迎來難得的休息時間。根據之前的經驗，桓紫音老師可以計算我們的寫作速度，她大概會在二十分鐘內返回教室，所以在老師回來之前，可以整理思緒，放鬆身體，甚至小睡片刻。

風鈴與沁芷柔都站起身，伸懶腰與在教室裡走動活絡筋骨。

而雛雪發現我們終於可以休息，對我招招手，示意我靠近。

「？」

我走到雛雪的桌子前，詢問她有什麼事。

「哼哼……」

雛雪豎起左手食指，用很神氣的態度對我發言。

「雛雪要告訴學長一個祕密!!就是說呢，雛雪曾經在某部漫畫上看到，疲倦的男孩子就像缺乏電力的機器人那樣，需要充飽電量才能繼續奮發工作——」

「呃……所以呢？」

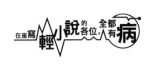

「——啊、果然遲鈍的學長猜不出答案呢。那部漫畫又說，如果要替男孩子充電的話，有一個最好的方法，那就是……」

說到這裡，雛雪忽然抓住我的手，把我的手掌壓到她的胸部上，在手掌陷入軟綿綿觸感的同時，雛雪用很認真的語氣把話說完。

「……用胸部充電，這是最好的辦法唷!!畢竟男孩子都喜歡胸部，沒錯吧？學·長？」

一字一頓，曖昧地拖長「學長」這兩個字的語調，雛雪把我的手抓得很緊，一時之間我竟然抽不回手。

喂，妳看的到底是什麼漫畫!!是色情漫畫吧？是吧！

「妳……」

我吃驚之下，本來想要叫雛雪放手，但下一瞬間，我的背後傳來驚人的殺氣，那殺氣立刻將我的話聲凍結。

原本在講臺前彎腰拉筋的沁芷柔，不知何時已經站到我的身後。

盯著我放在雛雪胸部上的手，她的表情充滿不悅，又帶著點鄙視。

「哼……這種貧乏的電力，柳天雲才不會喜歡。」

一邊這麼說著，沁芷柔抓起我另一隻空著的手壓在她的胸部上。確實沁芷柔的胸部比起雛雪更大，所以手也陷得更深。

「怎麼樣？本小姐的更好對吧？」

沁芷柔莫名其妙的較勁心態，讓我難以回答。只是我萬萬想不到的是，原本安安靜靜的風鈴，居然也紅著臉不斷靠近。

「那、那個……風鈴也……」

「!!」

就在這時候，異變突生。

教室的大門忽然被人用力拉開，桓紫音老師的身影出現在教室門口。她興高采烈地高舉手上裝滿餅乾與飲料的籃子，滿臉都是燦爛的笑容。

「吾之眷屬唷——開心吧——雀躍吧——吾替辛苦勞作的汝等帶來了血之食，就在那煉獄的襯托下，開開心心地來——」

我記得桓紫音老師曾經對我說過，當老師的人自己首先要露出笑容，才能把笑容感染給學生。

可是在話說到一半時，桓紫音老師的笑容忽然凝結。

她看著我。

看著把手按在雛雪與沁芷柔胸部上的我。

接著，桓紫音老師手中裝滿餅乾與飲料的竹籃落地。

「汝——呃啊啊啊啊啊啊啊啊啊啊啊啊啊零點一啊啊啊啊啊啊啊啊啊啊啊啊啊啊——————！！！！！」

一邊發出恐怖的尖叫聲，用刺客襲殺目標的速度，桓紫音老師瞬間衝到我面前，用手掌狠狠掐住我的喉嚨。她用滿布青筋的可怕臉孔看向我，那表情超像恐怖漫畫會出現的怪物。

「為什麼吾辛辛苦苦處理完校務一進來就看到社長在揉其他社員的胸部不練習寫作而且還一次揉兩個該死該死該死汝這小子真的想被趕出怪人社嗎宰了汝宰了汝宰了汝宰了汝巨乳都該死巨乳都該死巨乳都該死可惡的零點一啊啊啊啊啊啊————————！！！」

我本來想向老師解釋我們把作業都寫完了，現在只是休息時間。

可是喉嚨氣管被掐住的我根本無法說話，只能含糊地發出「呃、呃」的呼救聲。

完全是無計可施……最後我只能露出苦笑。

「所以說，汝等已經完成了作業？」

桓紫音老師坐在講臺上，長長的腿在空中晃來晃去。聽完我們的解釋，她還是露出不滿的表情。

「就算完成了作業，那跟零點一在揉胸部有什麼關係？什麼？妳說充電？簡直是胡說八道!!嗚啊……吾怎麼如此不幸，社團裡收到這麼多奇怪的成員，也只有首席黑暗騎士勉強還算正常……唉，如果是汝的話，肯定不會配合揉胸部充電這種奇葩的想法吧……

「那、那個……」

聽到這裡，風鈴的視線有點心虛地飄開。幸好桓紫音老師沒發現。

之後，我們再次開始練習寫作。

面臨堆積如山的作業與龐大的練習量，有時候我也會疲憊。但是每當我感到力不從心時，「本心之道」旁就會有一道暖意緩緩流淌，這是輝夜姬留下的守護之力。感受著守護之力，就好像輝夜姬還在怪人社裡那樣。

並且，我也把狐面墜飾放在懷裡，這是幻櫻留下的遺物，可以讓我感到幻櫻彷彿還在身邊。

偶爾我會產生錯覺，彷彿怪人社的成員並沒有短少，幻櫻與輝夜姬都還在這裡，只是變成以另一種形式存在。

「……」

我看向教室內空著的座位。怪人社內現在有兩副桌椅無人使用，那是幻櫻與輝夜姬生前使用過的桌椅，因為幻櫻的存在之力消散，大家已經不記得幻櫻了，但她的座位依舊被保留了來……而且從未有人覺得不妥。或許，在其他人極深層的潛意識裡，也留下過幻櫻的身影吧。

在距離最終一戰剩下五天時，這天的深夜，風鈴在社團活動結束後，從後方追上我。

與我並肩而行朝著學生宿舍走去，風鈴低著頭先是不說話，但在我們越過一片草地時，她因為出神而導致手中的書籍掉落在地，看起來似乎煩惱重重。

「風鈴？」

一邊幫忙撿起地上的書籍，我看向風鈴。

「……妳怎麼了嗎？是不是有心事？」

風鈴咬著下唇，露出欲言又止的表情。

「那、那個……」

最後她按著自己的胸口，拚命鼓起勇氣把話說出口。

「那個……不曉得前輩還記不記得……曾經，怪人社的大家一起用『轉轉女僕君』體驗女僕工作時，那時風鈴曾經對前輩說，風鈴是為了前輩而存在的，會彌補前輩的所有弱點，成為前輩最堅強的後盾……即使到了現在，風鈴的想法也沒有絲毫改變。

「可是……」

在那夜風的吹拂之中，風鈴用擔憂的表情望著我。

「可是前輩已經變得太強了，在寫作的道路上走出太遠……根據桓紫音老師所說，就連她都已經看不出前輩您身上光芒的強度……風鈴已經快要看不見您的背影……哪怕全力奔跑、不停不停努力，卻還是與您差距越來越遠，到了最後……風鈴想必也無法再陪伴您吧，別說彌補您的弱點、成為您的後盾……風鈴甚至會成為您的累贅……所以……所以——」

風鈴說到這裡，像是煩惱再次壓倒了勇氣那樣，終於無法接續話語。

我能從風鈴剛剛的話聲中，聽見力不從心的悲傷。她無比渴望的自身職責，卻在這一刻全都落空。

我怔怔地望著風鈴。察覺她的擔憂、聽見她的煩惱的這一刻，我忽然回想起「風鈴」這個外號的用意。

「如果你是天……是雲……那我將化身為風……替您送行。」

是因為我，所以風鈴才會叫做風鈴。

她想成為替我送行的風，但如果有一天，雲已經飄得太遠，天高到風無法企及，那這一陣風……或許將孤沉寂寞，失去誕生的意義。

……至少風鈴是這麼想的。

所以她才會如此困擾，甚至連把話說完的勇氣都不夠。

瞭解風鈴的心意後，我對她露出溫柔的微笑。

把自己的手按在風鈴的腦袋上，我輕輕揉著她的頭髮，笑著對她發言。

「傻瓜，我是因為有妳們存在，才會變得這麼強的。再說，如果前輩想故作逞強，到了那時，體貼的後輩就是不可或缺的存在。因為哪怕再怎麼剛強的人，也會失落、寂寞、不安、哀傷等情緒產生，如果將這些情緒比喻成一塊不完整的『圓』……那麼，妳的柔和、乖巧、親切、溫暖，就是唯一能將『圓』拼成整體的關鍵……」

說到這裡，我說出結論。

「……也就是說，風鈴，不管我已經走出多遠的距離，不管我變得有多麼強大，妳都不會被拋在身後——因為，當我們在一起的時候，才是真正的整體……才能擁有向前方邁步的力量。」

「——!!」

風鈴聽完我的話，原本手上已經重新抱起的書籍，忽然再次落地。

與此同時，她臉上的眼淚滾滾而落。

「真、真的可以嗎？」

風鈴哭了，淚水不停滴在草地上。她的淚水一時無法止住，可是，那聲音中已經不再夾帶悲傷。

「這樣子風鈴……真的可以繼續待在前輩的身邊嗎……？」

我替風鈴把地上的書撿起，以單手抱在臂彎中，接著用另一隻手牽住風鈴的手。

轉過頭，我對風鈴咧嘴露出笑容。並且將「真的可以繼續待在前輩的身邊嗎……？」的回答說出口。

「啊啊……沒錯，妳想待多久都可以。」

「——!!」

風鈴聽到我的答話，忽然愣住。

接著，她像是想到了什麼，又像是理解了什麼，臉忽然慢慢紅起來。

「……是的，前輩。風鈴明白了。」

雖然不太清楚風鈴剛剛心中轉過什麼念頭，不過只要她不再感到難過，這樣我也就心滿意足。

於是我們兩人牽著手，慢慢往學生宿舍走去。

在緊迫的最終一戰前，這是最後的片刻悠閒。

「風鈴妳看，天空上的雲朵，果然還是要風來推動，才會繼續往前走的。」

我用下巴往天空抬了抬，示意風鈴往上看。

風鈴順著我的視線看去，她也看見了月光下那無數飄動的雲朵，接著風鈴微微一笑。

「是呢，前輩，其中有一朵雲是兔子形狀的，風鈴特別喜歡呢。如果風鈴是雲的話，就是那一朵兔子雲。」

「是嗎……那妳猜我喜歡哪朵雲？」

「……蘿蔔形狀的嗎？嘻嘻。」

「……為什麼是蘿蔔？」

「開玩笑的——玩笑。不管前輩真正喜歡的雲是哪朵都無所謂，風鈴只要能待在您的身邊，就很滿足了。」

隨著風鈴紅著臉對我微笑，我感到內心似乎有某塊區域受到治癒。

於是，在那夜色下，兩人在草地上越走越遠……越走越遠……

而在離最終一戰剩下三天時，又一個疲憊的夜晚，正當我在宿舍裡休息時，房門被敲響了。

我打開門，看見穿著粉紅色和服的沁芷柔站在房門外。討厭與別人興趣重疊的她，在輝夜姬加入怪人社後就很少穿和服了，印象中她上一次穿這套和服，已經是很久很久以前。

雖然不知道沁芷柔的來意，可是我很清楚，當她換上這一套和服，也就是認真起來的時候。

「呃……」

我還在思考要怎麼開口打招呼，幸好沁芷柔先開口說話。

「……人家可以進去嗎？」

「嗯。」

我側身，讓沁芷柔進入房間。

沁芷柔在房間門口脫下鞋子。

「打擾了。」

「啊、妳居然這麼客氣……真是沒想到。」

「什、什麼呀！本小姐平常看起來像很不客氣的樣子嗎!!」

「對，像現在的語氣就很不客氣。」

「你……臭柳天雲!!」

沁芷柔氣得鼓起了臉頰，用力一跺腳表示不滿。

比較令人意外的是，我們居然交談不到五句話，就進入平常吐槽↓爭執↓再吐槽的環節，不愧是在怪人社裡相處將近一年的老牌社員。

因為沒時間收拾，我的房間內其實有點凌亂，而且也沒有待客用椅子，但沁芷柔似乎也不在意，她就直接在我的床沿坐下，先是東張西望，然後好奇地道：

「……不過，這裡不像普通男生的房間呢。」

「呃，妳是什麼意思？」

我也在沁芷柔身旁坐下。

沁芷柔如此回答：

「一般來說，男生的房間牆壁上，不是都會有穿著清涼的美女海報嗎？但是在這裡卻沒看到，牆壁上光禿禿的，看起來真冷清。」

「我說大小姐，我覺得您對『普通男生』貌似有嚴重的偏見。」

「是嗎？可是輕小說裡都是這樣子的。」

「不要用輕小說裡的男生囊括現實!!」

沁芷柔「哦」了一聲，似乎對我的發言不以為然。

也是……我怎麼會期待一個常常進行輕小說角色扮演的怪人，能夠理解我的話呢……

這時候沁芷柔突然掏出手機。

但比較讓人驚訝的是，她是從乳溝裡抽出手機的。

「……喂!!妳從哪裡拿出手機啊？」

「乳溝裡，就在你眼前發生的，難道你沒看見嗎？」

沁芷柔一愣，她甚至比我更驚訝，就好像我問了某個蠢問題。

我扶住額際，感到有點頭痛。

「不是那個問題，手機為什麼會從那邊拿出來？」

「因為這件和服雖然很可愛，卻沒有口袋，算是一個小缺點吧。」

「這也不是從那邊拿出手機的理由吧!!」

「不然呢？」

我與沁芷柔我看看妳，妳看看我，透過四目相接交流片刻，最後還是我先舉起雙手投降。

然後我盯著她拿著的手機，發問。

「所以呢？妳拿手機出來要做什麼？」

「啊啊……終於問了個好問題，就由本小姐大發慈悲地告訴你吧……」

沁芷柔這句話的意思就是對我之前的問題都感到不滿，我裝作沒聽見。

我看著沁芷柔滑開手機鎖，然後打開相片資料夾，點選某張照片。

「這張怎麼樣？你可以把照片洗出來掛在牆壁上，這樣就像個正常男生了吧？」

沁芷柔說這句話時非常有自信，顯然對自己挑的照片很滿意。

我看向手機螢幕上的照片。那是沁芷柔在海邊的比基尼泳裝照，她在豔陽下開心地比出V字手勢。看背景，這張應該是怪人社利用晶星人道具全體出遊時所攝，也不知道照片是怎麼從虛擬世界帶回來的。

「拜託桓紫音老師就可以拿到照片了。」

彷彿看出我的疑惑，沁芷柔如此解釋。

然後她繼續慫恿我：

「本小姐的照片在學校裡一般來說都要賣錢才能買到哦，而且這種泳裝照完全是非賣品，你確定不把握機會？」

「呃……」

我知道沁芷柔說的是事實，她與風鈴的偷拍照在男生之間賣得很好，在六校之戰發生前，甚至是某些人的生財管道。

但不管私底下的照片再怎麼流傳，這種尺度超大的比基尼泳裝照，也從未出現過……如果拿到現實的C高中拍賣，應該可以賣到天價吧。

繼續滑動手機螢幕，沁芷柔給我看其他照片。

「不然換這張吧？冬季制服的照片，超可愛耶！」

「……」

「還是這張？死庫水的泳裝!!」

「……」

這時候忽然滑動到一張由上往下的自拍照，照片中很明顯是剛剛洗完澡，沁芷柔頭髮溼潤地盤在頭上，全身上下只圍著一條浴巾，因為胸部很大的關係，乳溝看起來格外顯眼。

我本來以為沁芷柔會發出「啊——!!」這樣的大叫，然後害羞得滿臉通紅，或是忽然揍我一拳想讓我失去意識。

可是沁芷柔沒有，她就只是靜靜觀察著我的反應。

我也回望沁芷柔，從她那有點異常的態度裡，我察覺到不對勁。

於是我如此開口道：

「……夠了吧。」

「照片夠了？」

沁芷柔這麼回我。

我又道：

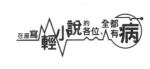

「不是照片的問題，妳應該有別的想說的話吧？看照片只是妳的藉口而已。還有坦白說，妳從剛剛開始就很奇怪。」

「……為什麼你語氣這麼確信？如果人家真的只是想讓你看照片呢？」

像是要擠對我那樣，沁芷柔的語氣變得急促。

而我只是轉開視線，淡淡道：

「……我知道的，我看得出來。」

「不，說不定……」

沁芷柔似乎還想要做出某種辯解，但我卻直接打斷她。

「我看得出來，因為我們是朋友。」

「——!!」

沁芷柔本來似乎有很多話想說，但聽見我這一句話，忽然呆住了。

像是在細細品味著這一句話，過了片刻後，沁芷柔忽然掉下眼淚。

「你還知道我們是朋友？現在才說出這句話太遲了吧，大笨蛋大笨蛋大笨蛋！去死吧！大笨蛋!!」

她揉著眼睛不斷掉淚，語氣越來越激烈。

「——如果你當我是朋友的話，為什麼之前那些事都不跟人家商量？獨自承受痛苦……獨自背負悲傷……獨自一人前行，試圖拋下所有人!!」

於沉默中，我漸漸瞭解到沁芷柔的心思。

沁芷柔是我第一個提出朋友請求的人。

在畢業旅行裡，於「轉轉電影君」中我曾經看到沁芷柔的過往，明瞭了自己與沁芷柔小時候的因緣，並且，我在那時向沁芷柔提出成為朋友的邀請。

「……我需要夥伴，也需要朋友。所以了，沁芷柔，請成為我的夥伴吧……如果可以的話，也請跟我當朋友。」

可是，這樣子的我，卻在踏進「問心七橋」之前沒有與沁芷柔進行任何商量。

所以沁芷柔心中才會如此忐忑不安，哪怕在深夜來訪，也想重新確認我們的關係。

她等了好多年才等到的答案，不想就這麼消失於無形之中。她也害怕被再次拋棄，再次像年幼時在小學的那個夜晚那樣，被踢毀沙堡的我拋在腦後。

正因為如此，哪怕是一點點也好，沁芷柔也想增加自己在我內心的存在感。在牆上掛照片只是她最笨拙的表達方式，畢竟她一直以來，就是這麼一個逞強而彆扭的女孩子。

看著沁芷柔的眼淚，沉默許久後，我決定對她說出一些事。

我告訴她，前一條時間線的存在。

告訴她，在怪人社中，我們還有一名叫做幻櫻的朋友，只是因為存在之力消散，現在只有我記得。

告訴她，如果不是幻櫻的話，C高中早就在前一次時間線中徹底覆滅。

也告訴她……輝夜姬的死，是為了拯救我的道心。

這是我第一次對別人說出這些。或許就像沁芷柔所說的那樣，一直以來，我都是單獨背負一切，獨自面對悲傷，但我現在已經與幼時有所不同，不會再次產生拋棄夥伴的想法。

所以，如果沁芷柔感到不安的話，或者說如果還當她是朋友……那我就必須把實話告訴她。

聽說幻櫻與輝夜姬的事，沁芷柔的眼淚始終無法停止，就這麼哭泣了好久。

她也就此下定決心，一定要讓從前的夥伴復活。

「我們一起拯救幻櫻與輝夜姬!!一起取得願望，讓大家都能快快樂樂地露出笑容!!」

與我的志向相同，沁芷柔也想得到願望，復活幻櫻與輝夜姬。

這一晚，透過坦承與自白，我們似乎在一夜之間對彼此加深瞭解許多。

「很晚了……我要回去了。」

而在深夜時分，沁芷柔揉著渴睡的雙眼，似乎就要打道回府。

就在我送沁芷柔到房門口，她即將要離去時，我察覺她欲言又止，似乎還有想說的話，表情也變得微妙起來。

她注視著我的眼神太過熾熱，幾乎讓我無法承受。這樣的神態，我曾經在風鈴、雛雪，也在輝夜姬身上看到過，所以我幾乎能夠猜到沁芷柔未出口的話是什麼。

但最終，沁芷柔在嘆了口氣後，終究隻字未語，轉身慢慢離去。

「……」

在目送沁芷柔背影的沉默中，我陷入沉思……

這一夜，透過這樣的交談，這樣子的選擇，我們彷彿變得成熟許多。

插曲

距離最終之戰，只剩下一個晚上的時間。

在最後一晚，在寫作修煉結束後，大家都在怪人社裡留下，桓紫音老師拿出餅乾與汽水，像是在舉行小小的餞別會那樣，大家自動自發地圍著一張桌子坐下。

我、雛雪、風鈴、沁芷柔、桓紫音老師五人舉起裝滿可樂的玻璃杯，互相碰杯後仰頭一口氣喝下。

充滿氣泡的碳酸飲料衝進胃裡，帶來清涼感的瞬間，也帶起想要打嗝的難受感覺。

桓紫音老師這時看著我。

「……對了，零點一，從前汝不是最喜歡在喝茶或喝飲料時，一邊吟詩作對，裝模作樣地大呼『好酒!!』嗎？怎麼現在不會了。」

我一怔，看著空掉的玻璃杯，一時不知道怎麼回話，只好露出苦笑。

剛加入怪人社，無憂無慮的那時，能那樣暢所欲言，似乎已經是好久好久以前的事了。記得也是因為邊喝茶邊吟詩，所以我才會被選為怪人社社長吧。

「所以說～～學長以前果然有中二病吧。喵哈哈哈，但雛雪不介意哦，那樣子也很適合鬼畜王學長!!」
穿著貓咪布偶套裝，雛雪發出大笑。
雖然真的很可愛，但不要以為賣萌就可以隨便汙衊別人!!
「……」
我瞪了雛雪一眼，但雛雪很明顯不怕我，反而向我伸了伸套裝上的肉球爪子。
沁芷柔在這時點頭附和。
「沒錯，柳天雲一開始還自稱崑崙山仙人來搭訕我呢，真是中二透頂，沒有比他更怪的傢伙了吧？」
「——我才不想被水雲流少女吐槽!!」
我終於受不了刺激，發出這樣的大叫。

於是大家一起說起往事，從怪人社剛創建時說起，明明只創辦短短一年時間的怪人社，但發生的趣事卻像怎麼說也說不完。
海邊游泳、山上合宿修煉、忍者扮演遊戲、用「連宇宙猴也能辦好祭典機」辦祭典、賣同人誌、一起去女僕咖啡廳打工、去水上樂園，大家的生活在寫作修煉之餘也過得無比充實，幾乎每一天都能留下深刻的回憶。
話到一半，我笑著道：
「啊、話說回來，桓紫音老師居然沒有創辦過吸血鬼的世界讓我們去冒險，對於

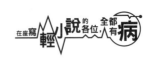

這點我一直很意外。」

桓紫音老師哼了一聲。

「一堆乳臭未乾的小鬼，年齡連吾的零頭都沒有，等汝等徹悟闇黑天幕的教誨，自然就是時候了。」

「啊、就只有這個拜託您了，千萬不要!!」

「汝說什麼──!!」

看著桓紫音老師假裝生氣的表情，大家都大笑起來。

……是啊。

大家都在一起的時候，是可以這麼快樂，這麼幸福……這麼開心的。

曾經身為獨行俠的我，一直以來都不敢奢想的夢想之地，不就在這裡嗎？

這時候大家又開始說起畢業旅行的事情，似乎風鈴與雛雪曾經結伴去玩一款叫「貓貓打地鼠」的遊戲，因為打得很爛所以感到沮喪，這時候在親衛隊促擁下的沁芷柔剛好路過，因為太過用力，一記木槌把整個機臺都差點打爛，嚇得一旁的NPC大叔臉色鐵青。

被說起這件事，沁芷柔臉色漲紅，似乎有點不好意思。

嘟囔著「沒辦法、人家怎麼知道那機臺這麼脆弱」的藉口，但還是架不住大家的笑聲。

我也跟著一起笑，又喝下一杯飲料後，我忽然想到一件事：因為我而聚集起來的這些少女們，也都是朋友了。即使哪天我不在了，她們之間的感情也不會變得淡薄。

在過去很長一段時間裡，都像過去的我一樣，沒有真心朋友的怪人，現在彼此成為了朋友，這樣子勉強也可以稱為現充了吧？

啊、這些人在剛認識時可是十分敵視對方的，所以更顯得此刻的難能可貴。還記得以前風鈴與沁芷柔常常吵架，雛雪與沁芷柔更是每天爭執，但現在，我已經很久沒有看見那種情況了。

看到這些少女們相處融洽，真的是太好了。看來這一年，我一直夾在中間當和事佬的辛苦，也沒有白費。

話說回來，能讓這些怪人最後和平相處，我可真是了不起。

思及此，我不禁豪氣頓生，又咕嘟咕嘟地灌下一杯飲料後，我站起身，比出「1」的手勢然後指向天花板，大聲地向眾人發話。

「好!!既然難得大家都有空，這裡又是怪人社，就來舉辦一項前所未有的投票吧!!我數到三，大家同時說出自己心中覺得最怪的怪人!!注意，我要數了喔，一……二……三!!」

在我數到「三」的瞬間，果然大家一起說出心目中最怪的人。

「雛雪!!」

「柳天雲。」

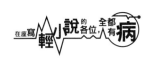

「是學長吧？」

「零點一。」

「那個……可能是前輩？」

——!!

除了我投票給雛雪之外，居然所有人都把票投給我，我一驚之下非同小可，站起身的同時差點把椅子踢翻。

我比雛雪還要怪？比沁芷柔還要怪？比桓紫音老師還要怪……？這不可能，絕對不可能!!

我遲疑片刻後，迅速想到另一個可能性。

「妳們事先串通好了？真狡猾啊……」

我搖頭晃腦嘆氣，慢慢重新坐下，又替自己倒了一杯汽水，慢慢自斟自飲。

「並沒有！」

「沒有串通喵哈哈哈哈，雛雪就是這麼覺得的哦，真心這麼覺得哦!!」

「零點一，別自我感覺良好了，光是身為社長這點，就已經證明汝是最怪的。」

眼看沁芷柔、雛雪、桓紫音老師輪流發話，她們話中的強烈否認之意，讓我有點不滿。

於是，我很快想到一個戳破她們謊言的方式，我又舉起右手比出「1」，然後再次發起投票。

「哼……那這次投票來選出『怪人社裡最中二的人』吧？注意，我要數了喔，一……二……三!!」

大家這次也很配合，同時喊出心目中的名字。

「桓紫音老師!!」

「柳天雲。」

「是學長吧？」

「零點一。」

「那個……可能是前輩？」

——!!

我露出難以置信的表情，逐一環顧周遭的人。

接著我忍不住發出絕望的大吼。

「胡說八道！！！！！！！！！！」

不知道為什麼，看見我的表情，眾人都大笑起來。雛雪甚至笑到在地上打滾，沁芷柔也捧著肚子彎下腰去，風鈴與老師更是差點噴出飲料。

看見大家的笑容，我心中有某塊地方漸漸暖和起來。

……算了，投票的結果是什麼都不重要了。

雖然可能放棄了得到投票的真相，但取而代之的，我得到了更珍貴的東西，不是嗎？

於是，我忍不住也跟大家一起笑起來。

在充滿懷念的對話裡，那充滿溫暖的笑聲中，最終之戰的前一夜，悄然流逝。

第八章
英雄勇闖最後一戰

最終一戰……來臨了。

就連在夜深夢迴時，都會不斷看見的這一刻，開始與現實相接。所有歷經一年苦練的強大輕小說家，終於擁有最華麗的決戰舞臺。

在那舞臺上，既分高下，也決生死。

於此地，強者相逢……唯有戰!!以文筆為攻伐之矛，道心化守護之盾，以己之道印證己身，造就那無上風采!!

如果說，在孤傲的強者之巔上，只允許一人悄立……那麼，此時在山腳下、山峰中，那無數的競爭者早已虎視眈眈。越是強者，越想獨享頂端處的風景，但一將功成萬骨枯，當立於頂峰處的最勝者往下俯望，他所能看見的，也只能是屍橫遍野的荒涼。

可，哪怕如此，那也無所謂。

即使一將功成萬骨枯，那存活下來的將領，終究也能以殺平亂，護住一方領土，讓己心念茲在茲的子民能夠安居樂業，成就太平盛世。

而我們也是如此，最終一戰的早晨七點，隨著晶星人的宇宙船準時到來，我、

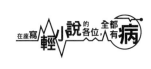

風鈴、沁芷柔三人踏進船艙，C高中的所有學生，也都在外面目送我們離開。

這些學生明白，如果我們敗了，他們就會死，所以他們目光中充滿擔憂。

我們也明白，如果我們是那領兵出征的將領，那這些學生就是我們必須保護的子民。我們身繫的已經不單是輕小說的勝負，更有C高中數百條人命。

桓紫音老師站在所有學生的最前方，宇宙船帶起的勁風飄動了她的黑色長髮與披風，於那勁風中，桓紫音老師向我們露出一個大大的笑容，並舉起拳頭，遙遙與我們作勢相碰。

「去吧，吾最驕傲的學生啊。吾堅信汝等必勝，吾也將會在此地……等候汝等傳出佳音!!」

與其他學生的表情不同，桓紫音老師的神情裡，不帶一絲陰霾與擔憂。

看見桓紫音老師的表情，我、風鈴、沁芷柔都舉起拳頭回應老師。

與此同時，我也感到深深的感動。

……桓紫音老師擁有赤紅之瞳，恐怕，很少有人比她更能看出怪物君的可怕。

可是，老師根深柢固地認為我們能贏……或者說，她根本不覺得自己的學生有敗北的可能性。

是啊……與接近一年前，直接不戰而降的我們相比，現在我們已經變強太多太多。

我們都變厲害了，厲害到足以突破困境，足以獲得……前所未有的至高榮耀!!

隨著宇宙船的艙門關閉，船身快速升空疾飛，往未知的方向破空而去。

船艙裡面的座位並不寬敞，我注視坐在對面不遠處的風鈴與沁芷柔，笑著開口詢問。

「……妳們會緊張嗎？」

「你說呢？」

沁芷柔似笑非笑地回答我，而風鈴則用力搖頭。

我微微一笑，兩隻手前探，牽住她們的手掌。

「我會把勇氣分給妳們，所以……請妳們也把勇氣分給我。」

兩名少女看了我一眼，然後她們也都笑了。

「柳天雲，與一年前相比，你真是越來越會哄女孩子開心了。哼……不過別以為人家會喜歡哦，你還有待加強呢！」

「謝謝前輩！風鈴收到勇氣了哦！」

雖然收到一褒一貶的評價，但如果能幫到她們，那我的話也就有了價值。

在這時候，透過船艙裡的窗戶，我朝外看去，發現外面完全是一片模糊，顯然宇宙船的速度已經快到了極點，甚至連景色都看不清。

「到底會在哪裡進行決戰……」

我陷入沉吟。

如果目的地與前一次時間線相同的話，那現在應該早就到了。根據幻櫻的記憶，前一次時間線的決戰，是在以六所學校為中心點的高空，那裡有一座飄浮的鮮紅色宮殿，決戰就在宮殿內部展開。

可是，由於幻櫻選擇逆轉時光，導致這一次時間線產生許多變化，很有可能決戰場地也會改變。

就在這時，宇宙船的船身傳來一陣猛然震動。

「正在進行蟲洞壓縮跳躍……請稍候……請注意震盪……」

隨著迴盪整艘宇宙船的廣播，這時候窗外已經變為一片漆黑，似乎宇宙船已經抵達某種光線都無法進入的區域，正在努力穿梭其中。

蟲洞壓縮跳躍？

注意到廣播中的關鍵詞彙，我立刻明白決戰場地果然已經改變，而且似乎在極遙遠的地方舉行。

於沉默中，我將自己的擔憂藏起，與風鈴、沁芷柔玩起詞語接龍，在放鬆心情的同時也練習更多詞彙。

「正在進行蟲洞壓縮跳躍……請稍候……請注意震盪……」

在這樣子的廣播接連響起五次後，我心中的不安越來越強烈。

……到底要到多遠的地方去？

而且從外面偶爾閃過的星空看來，宇宙船早已跳躍進入太空中，大大脫離地球範圍。但越是精心準備的考驗，通常難度也越高，這或許會成為意外的變數。

在體感時間大約過去一小時後，船上的廣播忽然轉變為一道熟悉的女聲。這聲音雖然嬌柔動聽，但卻帶著藏不住的惡毒與嗜虐的狠意，令人一聽難忘。

「嘻嘻，各位愚蠢的豬玀……這一年來，你們過得怎麼樣呢？痛苦嗎？悲傷嗎？還是絕望？咯呵呵呵呵……如果都有的話，那就太好了呢……光是想到就令本女皇興奮……啊、啊、啊——好棒、真的好棒啊……」

以充滿病態的語調，那女聲如是道。

……晶星人女皇!!一切的始作俑者!!

我們三人對望一眼，都是點點頭，同時認出這個女聲的身分。

晶星人女皇低笑一陣，又繼續道：

「這一年來，見證各位不斷努力變強，拚命互相廝殺，本女皇很滿意……非常滿意，所以除了親自講解規則之外，也會給各位一個獎勵，是超級～～特別的獎勵哦，可千萬要好好看清楚了，不然就挖出你們的雙眼，反正你們也不需要對吧？那麼……豬玀們，看向窗外吧。好好欣賞本女皇給予的恩賜吧。」

宇宙船不知何時已經停下。

窗外乍看之下是漆黑、寬廣無垠的宇宙，但如果放眼望去，那無盡虛空竟然都在不斷微微顫動，並且組合出文字。不……或許該說是文字組合成宇宙會比較貼切，因為整個宇宙、整個虛空，完全是由數不清數量的文字拼貼而成!!

「這裡是文之宇宙……位於虛幻與現實的夾縫之間，是由所有寫作者的無盡文意與願力所構成。為了達成這一點，替你們這些豬玀建造這樣的場地，可是動用過無數臺晶星人機器……誠心感謝本女皇吧，居然替死者精心準備這麼棒的墓地……咯咯咯咯咯……」

她似乎很篤定這一次的決戰裡，有很多人會死，那語氣令人毛骨悚然。

「總之，看向最東邊吧!!豬玀們!!」

我依言向東方看去。

在太陽系裡，除了東方存在太陽外，也包含許多行星。只是在「文之宇宙」中，在荒涼的無盡虛空裡，東方卻是唯一有物體存在的地方。在那極東之處，存在一座巨大到難以想像的紅色天秤，那天秤的兩端各懸吊著一個銀色銀盤，此時兩端的銀盤上似乎都空無一物，所以高低是平衡對等的。

在震驚於那天秤的壯觀之時，晶星人女皇的聲音繼續響起。

「聽好了，本女皇只講解一次。這次的決賽，共分為兩道關卡——第一道關卡是『無限流星雨之戰』，總之拚命往紅色天秤那邊逃跑吧，只要站到紅色天秤上就算過第一關了。只是在前往紅色天秤的途中，過去一年內，六所學校的輕小說家們的一切作品，將化身為流星向你們襲來，擋不住或躲不開就化為灰塵散去吧，嘻嘻……道理真是簡單。

「剛剛本女皇也提過，這個宇宙處於虛幻與現實的夾縫之間，你們可以理解為這裡既是虛幻，也是現實。所以你們可以用真身參戰，但在這個文之宇宙裡，強大的輕小說家，能達成先前只有虛擬世界可以實現的奇蹟。

「如果你們有人好狗運地通過了『無限流星雨之戰』，踏到紅色天秤上……那第二關……嗯，說到這有點膩了，等你們有能力到達那邊再說吧。

「好……開始吧!!祝你們徹底享受絕望!!嘎哈哈哈哈哈哈~~~~」

伴隨著晶星人女皇的尖銳笑聲，宇宙船的船艙毫無預警地彈開，伴隨著強烈的震動，將我們三人一起拋出……拋到了那文之宇宙中!!

文之宇宙裡可以呼吸，也能正常視物，這是首先值得慶幸的事。而宇宙船在拋下我們後就飛速遠去，化為一道光線消失在扭曲的蟲洞中。

「虛擬與現實的夾縫之間嗎……」

我們三人凝立於虛空之間，沒有第一時間朝紅色天秤趕去，而是先觀察情況。

環目四望，可以看到每隔一段極遠的地點，就有這樣的宇宙船在急速遠去，一共五道，想必那些地點就是A、B、D、E、Y五所學校的輕小說家的降落地點。

沁芷柔這時候說：

「這宇宙裡可以正常呼吸，沒有重力但不會四處亂飄，雖然相當神奇……可是剛剛晶星人女皇說的『在這個文之宇宙裡，強大的輕小說家，能達成先前只有虛擬世界可以實現的奇蹟』那是什麼意思？什麼奇蹟？」

風鈴也是搖頭表示不解。

看起來沁芷柔與風鈴都滿臉困惑，我隨即想起她們應該沒有在虛擬世界中催動過自己的強者之意，於是向她們開口解釋。

「如果輕小說家的實力達到一定程度，就可以催動強弱不等的強者之意。這樣子的力量可以在虛擬世界中發揮極大的影響力，如果像A高中的『轉轉城堡君』那樣，核心部位藉由吸收強者之意來形成虛擬世界，在那種世界中……妳們甚至可以移山倒海，達成類似於魔法師的奇蹟。」

沁芷柔一怔，然後追問。

「那要怎麼催動強者之意？」

「……堅定自己的道心，相信自己能辦到，就像這樣。」

我雙手合十，隨著心念轉動，背後就忽然生出光之翼，在宇宙裡可以上下左右地振翅飛行。

「哦哦，原來如此!!」

「風鈴也想試試，翅膀好可愛!!」

模仿著我的動作，沁芷柔與風鈴都是雙手合十，但她們雙手合併後，只發出「啪」的一聲脆響，卻沒有奇蹟跟著展現。

「沒有耶……？」

沁芷柔與風鈴相繼失敗後，看看我，面露不解。

我一愣，為了使她們更容易明白，我又解釋一次。

「呃，簡單來說，就是把從道心產生的力量凝聚起來，用心意讓其在外界化形……就像把手指抬起那樣，由肩使臂，由臂使指，去操縱自己的力量……」

風鈴與沁芷柔正在繼續嘗試煉習，但就在這時，我的眼角餘光忽然瞄到奇怪的紅色光點。

「？」

有無數細小的紅色光點，忽然從極東的方向，也就是紅色天秤的方向亮起。

一秒鐘……兩秒鐘，隨著時間過去，那紅色光點在眼中變得越來越大，原本還只是針尖的大小，過了兩秒鐘後，在我眼裡看來有雞蛋大小了。

隨著紅色光點的急速接近，我們眼中也映入強烈的火光。

「那是……!!」

終於，我們看清紅色光點的真面目。

──那根本不是什麼紅色光點，而是一顆又一顆巨大到無法測量……熊熊燃燒著烈火的隕石!!

我們同時想起了晶星人女皇說過的，這一次關卡的名字：「無限流星雨之戰。」

「──對了，流星本來就是隕石劃破虛空，燃燒自身所留下的痕跡!!換句話說，這什麼詭異的『無限流星雨之戰』，根本就是在宇宙裡下起隕石雨的爛遊戲，而我們還不得不玩!!」

或許在此刻也有隕石群……或者說流星群，向其他高中的選手們奔去，但我已經沒有餘力去關注別的方向。

——我只明白，至少有上百顆的流星群向我們這邊打來了!!

在內心驚駭的同時，數量上百的這波流星群，帶著驚人的速度與破壞力，已經襲殺到極近處……距離將我們化為飛灰，只差兩秒鐘的時間!!

沁芷柔與風鈴露出驚慌的表情，她們還沒有領悟強者之意的使用方法，還不能自主使用屬於輕小說家的力量!!

「無形之壁——起!!」

倉促之下，我雙手合十發出大吼。模仿之前「轉轉核心君」內的無主意志，以強者之意化出一道堅韌無比的隱形牆壁，護住C高中所有人。

砰砰砰砰砰砰砰砰砰砰砰砰砰砰砰砰砰砰砰——————!!!!!

隨著震耳欲聾的聲響不斷傳出，上百顆流星撞在無形之壁上，在巨大的力量被消弭後，朝著宇宙的下方跌落，逐漸遠離了我們。

擋住這一波攻勢，我的呼吸變得有點急促。

哪怕是以返璞歸真之境的實力催動強者之意，這一波攻勢依舊使我的胸口大震，感到隱約的疼痛。

但在這樣的情況下，我依舊察覺到某件事的詭異。

我轉向沁芷柔與風鈴，道：

「剛剛近距離接觸那些流星時……我發現每一顆流星的力量強弱相差極大，但唯一的共通點是火光中、隱隱夾帶屬於不同人的氣息……這讓我想到了，剛剛晶星人女皇曾經說：『過去一年內，六所學校的輕小說家們的一切作品，將化身為流星向你們襲來』……難道說，越強的輕小說家的作品，化成的流星就越厲害嗎……？」

我的話說到這裡，大家還來不及仔細思考，忽然又有一顆單獨的流星向我們奔來。

這一顆流星比之前的流星都更加龐大，劃出的火光將一方虛空都徹底照亮，而在那其中，更是夾帶著些許的紫意。那紫意，看起來很眼熟……

「幸好只有一顆……」

我再次立起無形之壁，擋下了這顆流星。

「——!!」

但是這顆隕石的攻擊力，遠超我的想像。僅僅是孤身攻來，帶來的威脅就超乎之前百顆小隕石的相加，讓無形之壁都隱隱產生搖晃。

也就在與那隕石接觸的剎那，感受其上熟悉的氣息，我瞬間瞭解了一切。

「剛剛那是風鈴作品化成的流星……!!在這個文之宇宙裡，連我們自己過去撰寫的作品，都會攻擊我們自身!!」

風鈴與沁芷柔在這時也終於學會使用強者之意，她們也都喚出背後的翅膀，與我在虛空中並肩而行，朝紅色天秤的方向飛去。

這時我才終於抽出餘暇看向周圍。大概是因為第一波流星被我們吸引的關係，在許多其他方向，不斷有輕小說家抽空學會如何使出強者之意，以各式各樣的創意施展防護手段，但因為太過弱小，在流星呼嘯而過後，他們的強者之意被擊碎，人也跟著化為飛灰消散。

唯獨西方與南方的情況不同。

西方有一道綠色的光芒，陸陸續續擋住了許多流星，遙遙感受那強者之意的氣息，西方大概是A高中的棋聖。

而南方，那裡是遭受最多流星雨圍攻的地方，甚至還多過C高中這邊，簡直就像眾矢之的那樣，整個宇宙裡有超過一半的流星都被吸引而去。

南方的輕小說家，他的光芒代表色是淡褐色。在每一顆流星接近時，他竟然不閃也不擋，只是悠哉地慢慢飛行，但不知為何，每當流星接近到一定範圍內，火光就會自主熄滅，接著失去所有動能，墜落到無盡的虛空之間。

「那是——!!」

毫無疑問，南方的人是怪物君。只有他有這種恐怖的實力，哪怕在這種隨時會奪走人命的關卡裡，他也像在欣賞難得的宇宙景色那樣，依舊慢吞吞地闖關，恍若在庭園裡散步那樣自在。

就在我注意時，忽然之間，代表怪物君的光芒忽然暴漲，接著他掉轉方向，劃出一道疾光，以超越所有流星的速度，朝我們這邊飛速靠近。

見狀，我們三人都是大吃一驚。

「他過來了……!!」

「他打算做什麼，在第一關就先剷除我們嗎!?」

哪怕我如今已經變得比以前穩健太多，遇見現今的情況，依舊還是內心沉重。

「……也是，如果我們能知道怪物君在哪裡，反過來說，怪物君也能透過光芒的強弱，來推斷我們的位置。」

「……在這場六校之戰中，毫無疑問，只有C高中能成為Y高中的潛在大敵，換句話說，怪物君他前來這裡的用意是——」

太多的猜測在內心成形。

如果只有我一人的話，催動強者之意急速飛行，或許怪物君短時間內追不上我，可是……我身邊還有沁芷柔與風鈴，她們肯定會被怪物君追上，所以我不能逃。

怪物君破空而來的速度實在太快，我們三人甚至都還來不及商量，在短短幾秒鐘內，他就橫穿半個宇宙，來到我們面前。

「……」

如同以往，怪物君依舊是那副難以形容的俊美樣貌，以慵懶的氣質帶著笑。他飄浮在虛空中，此時注視我們的眼光不帶敵意，反而充滿好奇。

背後與我們一樣生著光之翼，怪物君對我們露出好看的笑容。

「嗨嗨。」

他居然還對我們揮手示意，若無其事地打招呼。

我們還沒回過神來，這時怪物君又指向東方的紅色天秤，笑吟吟地道：「要結伴一起過去嗎？我剛好順路。」

我們三人互相對視，沒有進行答話，一時都猜不透怪物君的用意。

而且他居然厚著臉皮說什麼「剛好順路」！難道當我們是瞎子，看不見他剛剛跨越了半個宇宙才跑到這裡嗎！

怪物君又看向我，說：「從你的表情看來，對於剛才的提議，你似乎很不樂意。」

「……這不是理所當然的嗎!!」

我幾乎想也不想立刻回答。

接著，怪物君又看向風鈴與沁芷柔。

「但我個人覺得，你身旁的女伴會同意我的提議。」

他的語氣充滿自信。

「憑什麼？」

聽他這麼說，我莫名地感到有點不悅。

遭到一再拒絕，怪物君沒有感到不滿，他好脾氣地聳了聳肩。

「……因為你呀，這還用說嗎？柳天雲，你為了保護她們，已經受傷了吧。為了不讓夥伴承受流星的衝擊力，你以強者之意的防護網撐起半片天，攔下所有的攻擊。據我猜測，在這『無限流星雨』之戰中，強者之意越濃厚的地方，遭到的攻擊也越凌厲……你等於以一人之力在對抗三人份的流星雨……而且你的夥伴因為實力不弱，本來就會引來很多流星，對你造成的壓力就更大了。」

「……!!」

因為被說中事實，我暗暗一驚，大概察覺到我的臉色變化，怪物君微微一笑。然後他繼續說下去。

「……承上所述，我認為你肯定受傷了。雖然目前只是輕傷，但如果要配合夥伴們的速度，就算飛到了紅色天秤那裡，點滴傷勢累積起來也會很可觀吧？所以才想一起結伴而行，我可以幫你們解決很多流星，讓你不再受到傷害。」

雖然明白了怪物君的意思，但我卻越聽越覺得莫名其妙。

或者說，從怪物君本來就是個莫名其妙的人，想做什麼沒有人能夠猜透。

我無法按捺心中的不解，於是充滿疑惑地詢問。

「我受傷跟你有什麼關係？」

「到了第二關後，你應該會跟我對上吧？受傷的話不就沒辦法盡情發揮了嗎，我想跟狀態完好的敵人交手呀。」

怪物君甚至比我更疑惑，那表情自然而然，就像無法理解我為什麼會問出這種問題。

這時候忽然有一波龐大的流星群向我們四人打來，我還來不及張開隱形之牆阻擋，怪物君轉頭看了流星群一眼，流星群就無力地紛紛墜落。

……他還真的打算保護我？保護身為敵人的我？

我忽然有點無言，又有點不滿，於是語氣加重地道：

「你想跟狀態完好的敵人交手……但別忘了C高中有三個人，而Y高中只有你一個人，如果讓我們都完好無損地抵達第二關，你可能會面臨三人的圍攻。」

「那又如何？被眾人擁護追隨，或遭亂臣群起而攻，本來就是身為王的宿命。」

我本來以為我的問話會讓怪物君感到遲疑，但他竟然毫不猶豫地回答，而且態度十分認真。

我不以為然搖搖頭。

「不要太自大了，以一敵三，就算是你，也可能會敗北!!」

怪物君沉默片刻，然後他笑了，笑得雲淡風輕，悠然自在。

「王之所以為王，正因其不敗，正因其強大，正因其能袪除一切困苦——而且，因為子民存在，所以王才會存在。所以……哪怕是為了不辜負子民們在戰前流露的恐懼與悲傷，我亦會將其一切責任肩負而起，替他們帶來勝利的曙光。

「所以……王不會敗。哪怕與萬物為敵，對手再多、再強，行走於再猛烈的戰火之中，那也無所謂。因為——所有來犯之敵，皆會被王斬於劍下，並在死前收下王給予的所有敬意。」

悠悠然說完這一切，怪物君飄浮於虛空之中的身影，彷彿在我眼中變得更加龐大。那不是強者之意所造成的幻覺，而是他背負拯救Y高中的重擔，在那許許多多的臣民的盼望中、怪物君的形象就是這樣的，那盼望強烈到形成某種類似願力的存在，最後反過來投映在我們心中。

我無法想像到底是怎麼樣的君王，才能擁有這樣的子民，如此毫無保留地對君王加諸信任。

或許是怪物君的實力太過強大，也或許是怪物君天生就擁有領袖氣質，答案是哪個，我無從得知。可是，他此刻那想要斬掉一切的氣勢卻是貨真價實。我曾經斬掉過一個虛擬世界，但怪物君的做法卻是想斬掉萬物，甚至斬掉虛無!!

「……」

在沉默中，我目光複雜地注視著怪物君。

最後，怪物君再次看向風鈴與沁芷柔。

「所以……怎麼樣呢？妳們也不想再看到他受傷吧，跟我一起前進才是聰明的做法，不然為了保護妳們，他肯定又會拚命逞強，我說得沒錯吧？」

風鈴與沁芷柔看看我，遲疑許久後，終於慢慢點頭。

怪物君一笑。

接著，他與我並肩在前方飛行，一起擋下所有的流星。

近距離看著我施展強者之意，怪物君嘖嘖稱奇，竟然還有心思繞著我飛來飛去。

「……不錯啊，你的實力。」

像是發現什麼稀罕事物那樣，怪物君又驚又喜。

跨越小半個宇宙後，我們距離紅色天秤越來越近，這時候化為流星的輕小說原篇已經越來越強，數量也不斷增多。我已經遇到自己輕小說所化的流星不下數十次，而風鈴、沁芷柔輕小說化成的流星則至少數百顆。

然後，我們也遇到了怪物君的輕小說化成的流星。

親眼看見我用意念之刀劈開那顆流星後，怪物君驚喜更甚，繞著我飛得更勤快了，甚至發出欣喜的大笑聲。

「真的很不錯啊!!你居然這麼厲害？太好了，真是太好了，幸好有來護送你……真是明智的抉擇。或許我就算不來，你的傷勢也不會太嚴重？」

「……」

老實說，我覺得怪物君有點聒譟。

這種聒譟跟雛雪有點像，都是自說自話到了極致的那種人。可是與以激怒人為天賦的雛雪不同，怪物君的說話不會讓人生起太多反感，而是會想專心傾聽。

怪物君沒有再施展像流星一樣橫過宇宙的恐怖速度，只是耐心與我們一起慢慢飛。

因為飛到紅色天秤那邊還需要很多時間，怪物君像是太閒了，轉頭又開始與我聊天。

像是忽然想起某件事，怪物君忽然說道：

「對了，還記得之前在我們兩間學校進行友誼戰時，不是有提到過……我們兩人都會作怪夢這件事嗎？後來我又作了一些夢，而且內容比以前清晰許多。」

怪物君又作了夢？因為我作的夢幾乎都是牽涉到別條時間線的內容，所以感到十分好奇。

「……你夢見什麼？」

「啊……就是呢，我夢到自己站在一個櫻色頭髮的少女面前，對她說：『與妳實際交手過後……最後我確信了一件事。那就是……妳呢，櫻，就是能打開『希望之門』的關鍵鑰匙。』。」

聽到怪物君的話，我猛然轉頭向他看去。

櫻……幻櫻!!

怪物君的夢境，我也曾經在幻櫻的記憶裡看過，那是前一次時間線發生的事。

在前一次時間線，怪物君於最終一戰裡擊敗幻櫻，但情況卻起了某種轉機，發生這樣的變化：

櫻以無神的目光看向怪物君，雖然瞳孔對著他，卻像看進了空處。

怪物君微微一笑，繼續說了下去。

「我決定把願望轉讓給妳，雖然我已經這麼厲害了，但我也很清楚……在晶星人

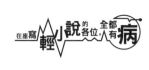

制定的遊戲規則下，只能拯救自己待的Y高中而已。

「但是我想拯救所有人，想讓六所學校的人一起活下來。

「於是，我拚命去尋找解決之道……在晶星人降臨的一個禮拜後，我在海島上再次觀察星象時，終於看見了代表希望的星象圖，於高空中浮現了。

「透過星象占卜計算過，並與妳實際交手過後……最後我確信了一件事：那就是……妳呢，櫻，就是能打開『希望之門』的關鍵鑰匙。」

櫻虛弱地回話了。

「我才不是什麼『希望』，我……我甚至連自己學校的人都保護不了……」

「不對哦，妳不是希望。我剛剛說了，妳是能打開希望之門的鑰匙。」

「……你是什麼意思？」

「哈哈……其實我也不清楚真正的意思，但星象上就是這樣顯示的。」

那之後，怪物君把最終一戰裡獲得的願望讓給幻櫻，讓幻櫻能夠逆轉時間，開啟這一次的時間線。

可我沒想到的是，怪物君的這一段記憶，居然也隨著夢境復甦了。

怪物君看看我，像是從我的表情中讀懂了什麼，於是他微笑著道：

「如果那些夢境都是真實的，真的有前一次時間線的存在，而那個名為櫻的女孩是開啟『希望之門』的鑰匙……那麼，柳天雲……她拚盡一切也要拯救的你，會是星象裡所顯示的『希望之門』嗎？

「老實說，我很好奇，所以除了想保護你抵達紅色天秤那邊之外，也想過來看看你，瞭解你有多強，看看你憑什麼能辦到前一次時間線的我也辦不到的事。因為哪怕是身為王的我，也只能拯救麾下的一方子民，而你……為什麼能代表那神祕到令人無法理解的『希望之門』，進而能拯救所有人？」

在我的沉默中，他繼續說了下去。

「不過，在我們相處了這麼久後，我開始覺得星象說不定是錯誤的，或者說……前一次時間線的我判斷不夠準確。因為我看出你雖然很強，但沒有強到可以打敗我——既然沒辦法打敗我，你又怎麼能實現那所謂的『希望』？

「所以，為了防止最壞的結局發生，害六所學校的學生全滅，我會盡全力打敗你，至少保證Y高中的數百人能夠存活下來！」

語畢，我們也終於抵達紅色天秤。

怪物君一馬當先地飛進天秤的範圍內，而我們也隨後踏入……

……踏入第二關的試煉中。

如果像晶星人女皇所說，這裡是以寫作者的文心所形成的宇宙，那麼最後那眾

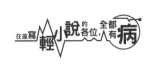

多文思所產生、帶來的巨大願力，最後構成的奇蹟之物，或許也就是這個紅色天秤。

因為遠看還好，一旦近觀，才能體會到天秤的體積究竟有多麼巨大……那是即使抬頭仰視，也無法一觀究竟的恢宏壯大!!

且這紅色天秤本身，仔細一看，全都是由密密麻麻的紅色文字所構成，所有文字以玄奧艱澀的方式組成咒文般的行列，而那咒文上陣陣散出的聖潔之意，除了替紅色天秤帶來難以想像的堅固之外，神祕程度也是超乎人類舊有的概念。

最詭異的是，進入天秤範圍後，類似於地球上的重力忽然出現，就連翅膀也沒辦法飛行，所以眾人只好乖乖下地，踏在天秤的底座上。

我、風鈴、沁芷柔、怪物君四人站在天秤的底座，如果從宇宙中眺望我們，大概看起來就像爬在底座上的四隻螞蟻。

「沒有能往上的路嗎？」

沁芷柔到處看來看去，但底座完全沒有能往上的通道。如果不像之前那樣可以飛，幾乎是不可能徒手爬上的。

風鈴仰頭盯著紅色天秤兩端懸吊的銀色銀盤，她猶豫片刻，接著對我說：

「前輩，風鈴想到一些事情，不知道該不該說。」

我看向風鈴。

「沒關係，妳說看看。」

「……那個、風鈴曾經在書上看過，天秤在希臘神話中，最古老的由來是來自正義女神『阿斯特蕾亞』，這位女神負責以天秤來區分人類的善惡與正邪，是一位優秀的神祇。

「……而現在，這個天秤的兩個銀盤，也像即將測量某種東西一樣，懸在半空中不動……可是這天秤就是宇宙中唯一的事物，它還能用來秤量什麼呢？」

怪物君聽了風鈴的話，露出若有所思的表情。

而我也陷入沉吟。

……可以用來秤量的東西，或許是有的。

……我們本身，還有我們的輕小說，都可以成為秤量的標準，這會是第二關試煉的內容嗎？

又過去許久後，忽然宇宙中有一道綠光靠近，棋聖在大口吐血的同時，狼狽地朝我們飛來，飛入天秤的範圍後，對於奇異的重力一時不察，摔在地上跌了四腳朝天。

就在棋聖進入後不久，紅色天秤正對面的虛空處，忽然浮現類似於蟲洞出現的旋轉與扭曲。

在那蟲洞中，有一座寶紅色的宮殿緩緩浮出，那宮殿前的大殿上，此時站滿了晶星人護衛隊，而晶星人女皇就坐在護衛們拱護的正中間，朝著下方看來。

大概是因為晶星人的視力特別出眾，哪怕隔著這麼遠，她似乎也能直接看清我們。

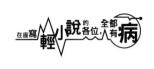

接著，晶星人女皇以某種方式被放大無數倍的聲音，在宇宙中響起。

但她的聲音非常不耐煩。

「真是廢物、廢物、一群廢物!!膽敢讓本女皇等待這麼久，一群除了吃之外什麼都不會的蠢豬！你們的存在就是要娛樂本女皇吧？嗯？懂了嗎？再敢有類似的行為，就立刻把你們都處死！」

罵了一大串後，她像是氣稍微消了些，深呼吸後，才繼續開口說話。

「好了……現在六所學校的參賽者，也就剩下你們五個活著了，快點進入下一階段吧。」

剩下我們五個活著了？我看看風鈴、沁芷柔、怪物君、棋聖，又往回看向空曠的宇宙，內心一陣發涼。雖然我早就猜到其他高中根本就沒有夠強大的輕小說強者，哪怕是棋聖也經歷九死一生才來到這裡。要知道，棋聖已經擁有常人無法企及的輕小說實力。

也就在這時候我才明白，第一階段的關卡與其說是試煉——不如說是把晶星人女皇沒興趣的雜魚處死的淘汰賽，僅此而已。

何其殘酷，也何其悲哀。

人命的貴賤在此時彷彿毫無意義，因為在晶星人女皇看來都如豬狗，隨意可以肆意宰割。

這時候晶星人女皇開始講解第二道關卡的規則：

「廢物們……仔細聽好了，紅色天秤是第二道關卡，同時也是最後一道關卡。這一座紅色天秤，總共有三個地方可以站立——第一個地方就是你們現在所站的底座、第二個地方是天秤的腰部、第三個地方是天秤的頂部……只要讓自己的位置不斷上升，成為第一個站到天秤頂部的人，就可以代表他的高中成為勝利者。

「像你們這樣的笨豬，肯定此時心裡在想：『那我們要怎麼讓位置上升呢？』、『沒有路可以走，要怎麼站到天秤的頂部？』啊啊啊……要不要告訴你們答案呢……要不要呢？嘻嘻嘻嘻嘻，不告訴你們——」

晶星人女皇像是刻意要作弄我們，她先沉默幾秒，最後才惡劣地忍不住大笑出聲。

「答案是——廝殺吧——!!殺個血流成河，把你們眼前站著的人都在輕小說比賽裡殺光，這樣你們站立的位置自然就會上升，自然……就可以成為勝利者!!

「好了，開始吧——最後的視覺饗宴。可千萬不要讓本女皇失望啊，悲哀的地球人——!!」

隨著晶星人女皇語畢，整座紅色天秤忽然開始劇烈震動起來。

組成天秤本身的材料、那無數玄奧艱澀的咒文忽然發出強光，將我們所有人包裹在內，接著我們的意識，瞬間被拖入幻覺世界中。

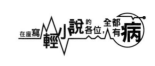

一片紅色。

放眼望去全是一片鮮紅，雖然明知身處幻覺世界中，但卻無法靠自己的力量主動掙脫開。看來還是要分出一個勝負，才能自這個世界離去。

「一念誅內魔……二念成道心……三念斬凡絲……四念成世界……」

此時空中傳來一道蒼老的聲音。那聲音充滿滄桑與陳舊感，彷彿已經在這裡等了數千、數萬年後，才終於等來能說這一句話的人。

那蒼老的聲音停頓片刻，道：「有緣人，汝……處於第幾念？」

我沉默片刻，問話的人似乎也不急，他就只是靜靜等著我的答覆。

剛聽到那聲音的問話後，只是瞬間，我就已經明白了，對方既是在詢問寫作上的道理，也是在考量道心的圓滿程度。

……如果說，文之宇宙是由無數寫作者的文心所組成，而眼前的考驗，是由文之宇宙的意志所發問……那麼，在寫作上的頓悟與理解，在道心的強大上，就沒有人類可以超過眼前的詢問者。

換句話說，我在面對的考驗，已經不只是一道試煉那麼簡單，而是整個浩瀚宇宙，將那無數強大寫作者的文意濃縮產生結晶，再以其通明透徹的理解，對我發出試探、產生詢問!!

「……」

我沉默許久後，回顧自己這一生的寫作經歷，在內心慢慢得出了答案。

我不知道自己的答案，在文心宇宙的意志看來是對是錯，但這已經是我一生寫作經驗的總和，目前也無法再得出更好的解答。

於是我緩緩開口，回答剛剛「有緣人，汝……處於第幾念？」的提問。

「我處於……第四念。」

幻覺世界裡的蒼老聲音，忽然發出一聲輕笑。那笑聲中充滿感嘆，又帶著些許悲意。

「汝確定自己處於第四念？」

「……確定。」

我點頭。

因為這蒼老聲音所問的四念，恰好與我這許多年悟出的寫作四境，可以絲絲入扣地對上。

寫作者如果簡單來劃分的話，可以分為四大境界。

第一個境界，一般來說是寫作新手──在這個境界的作者，如果想變得更厲害，那就必須以簡化繁，將原先太過單調的小說內文變得繁複，使粗簡的文字更上一層樓。

而第二個境界，是寫作中手——在這個境界的作者，已經瞭解些微的寫作理念，文字也通俗易懂，但依舊有太多旁字贅詞，需要的是以繁化簡，使字句變得精鍊，用更少的字數表達更多的意思。由於變得厲害建立起自信，寫作者的道心，也會在這個階段開始萌生。

再來是第三個境界，是寫作高手——在這個境界的作者，往往已經是技藝嫻熟的寫作豪雄，可以靠著基礎技巧擊敗九成以上的競爭者，哪怕是一再被人寫爛過的故事類型，也能仰仗其強大的筆力，化腐朽為神奇。但第三個境界的高手，因為已經少逢敵手，加上百尺竿頭難以寸進，非常容易因為過於自滿或是苦於停步不前，導致心中誕生無數煩惱，甚至道心因此產生裂痕。

最後是第四個境界，返璞歸真之境——強大到這個地步，決定高下的已經不是單純的寫作技藝，更多是由意境決出勝負。一文一世界，當自己曾經創造的無數世界，在心中紛紛開花結果，使道心變得透徹通明時，就可以抵達這個境界。這個境界的寫作者，即使不是打遍天下無敵手，也無限接近於道路的終點。

就在這時，那蒼老的聲音對我發問。

「汝既然自稱第四境，那便回答吾之所問……一念為何？」

我淡淡道：

「袪除文字多餘累贅，此為……一念誅內魔!!」

蒼老的聲音很快又問：「二念為何？」

「鍛鍊技藝，成就道心，此為……二念成道心!!」

蒼老聲音沉默片刻，再道：「三念為何？」

「斬掉自身凡念，以心合道，此為……三念斬凡絲!!」

最後，蒼老的聲音在這裡停頓了很久，像是帶著點遲疑，又像是不敢相信我能答出，整個精神世界都因此微微顫抖起來。

緘默許久後，蒼老聲音終於拋出最後的問題。

「很好……很好……那麼，這是最後的提問了……四念為何？」

這一次，我停下思考的時間比之前久，但最終我還是得出了解答。

「道心通明透徹，以文氣造世界，於那無數的世界中，理解過去，正視現在，明悟未來——此為……四念成世界!!」

「……!!」

那蒼老的聲音在聽見我最後的答案後，忽然笑了。

「——好、好、好!!大善!!吾於此宇宙已候八萬五千年，今日終遇有緣人!!小友雖年少，但天資之高，見解之透徹，古今往來少有人及……吾所守的這關，小友已經過了，可以隨意離去。」

隨著蒼老聲音的認輸，果然在距離我不遠處，有一扇通往外界的光門忽然敞開。

我邁步向那光門走去，眼看就要離開。

但那蒼老聲音，或者說文心宇宙的意志忽然再度出聲。他十分客氣地開口詢問。

「……小友，吾可否厚顏再提一問？」

「嗯，你問。」

在距離出口光門三步之前，我的腳步停下。

蒼老聲音像是終於能把心中長久以來的疑惑道出那樣，深深嘆了口氣，然後他終於謹慎地開口提問。

「在寫作的世界裡……是否有第五念的存在？吾不懂，不理解，哪怕集齊無數寫作者的道心，也無法推論出答案。」

我微微一笑。

半回過頭，看向整個精神世界，然後施以答覆。

「……肯定有的，或許在世界上某個地方，已經有人領悟到了第五念、甚至第六念……第七念的境界或是更高，但正因為那不確定，正因為那無限的可能性存在，所以寫作才如此有趣，不是嗎？」

「……」

語畢，蒼老聲音像是陷入思索中，而我大踏步從光門中走去，返回文之宇宙中。

再次站在天秤的底座上，我感到內心有點複雜。

「這裡是晶星人的機器所創造的宇宙，既是真實，也是虛幻……那蒼老的聲音，也並不是真的存在八萬五千年那麼久，但他被賦予的記憶既然如此，即是……雖假亦真。

「為了等這樣一個答案，等了八萬五千年，究竟是什麼滋味，簡直難以想像。」嘆口氣後，我看看四周。

怪物君站在不遠處笑望著我，而其他人都失去意識躺在地上昏睡。

發現怪物君也從精神世界中脫出後，我忍不住向他發問。

「你也遇到過那蒼老的聲音嗎？」

「對，它想問我問題。如果你也遇到過的話，看來它有許多分身，我們各自碰見了一個。」

「然後呢？」

「我斬掉它了。」

怪物君聳聳肩，笑道：

「誰教它這麼囉唆呢？我說我懂，它偏偏不信，後面提出一堆問題又不肯放我走，我懶得回答，於是只好動手了。」

「你為什麼懶得回答？」

我一怔，如是問。

怪物君道：

「我能斬掉它，也就代表我懂；斬不掉，就代表我不懂……僅此而已。」

「……」

我沉默片刻後，點點頭。看來怪物君給的是另一種答案。

接著，我把風鈴與沁芷柔的身體放在附近，讓她們能並排睡覺。我坐在一旁守護，等著她們醒來。

擔心地看向兩名少女，但我卻無計可施，這裡只有她們能幫到自己。

於是我忍不住又問怪物君問題。

「對了，剛剛的精神世界，過關的條件是什麼？一定要斬掉它，或回答出第四念嗎？」

怪物君看了我一眼，露出微笑。

「……柳天雲，你自己應該知道答案才對。」

「……」

望著風鈴與沁芷柔的俏臉，我的內心慢慢沉了下去。

確實，理論上要回答出第四念才能通關……可是，在六校之戰中，能回答出這四念的學生，只有我、幻櫻、輝夜姬，還有懶得回答的怪物君這四人。

因為只有我們四人達到過這境界，也唯有站在這高度上的人，能夠在那蒼老意識的審視下，說出使它滿意的答案。

也就是說……風鈴與沁芷柔沒辦法通過試煉。

「但是，根據晶星人女皇的規則……沒辦法通過關卡的人就會死……」

正因為明瞭這一點，所以我在起初，才會下意識詢問怪物君過關的條件是什麼。我在期待神祕的怪物君能告訴我其他答案，或者說，在期待他告訴我——風鈴與沁芷柔也可以通關。

在這時，一直躺在遠處沒人搭理的棋聖，忽然噴出一口鮮血，身體一陣扭曲與抽搐，整個人彈飛起來，當落地時，已經吐得滿地是血。

「……!!」

然後，就在我吃驚的注視中，棋聖的身體開始化為點點白光，存在之力逐漸散去，很快他的身軀就消失大半。

怪物君望著棋聖，他並沒有露出意外的神色。

「這個人的水平，如果按照剛剛那蒼老聲音的規則來劃分，也就是第三念了，而且沒辦法達到圓滿的地步。他會失敗，是很正常的事。」

「……」

我盯著棋聖看了許久，這傢伙雖然作惡多端，不過親眼看到他死去，內心畢竟還是十分複雜。

我嘆了口氣，回頭想探望風鈴與沁芷柔究竟過關了沒有，但就在這時，我卻僵住了。

「——啊!!!!!!!!!」

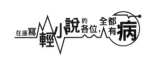

我整個人猛然站起。

接著，我用力閉眼與睜眼，想確定自己是不是眼花導致視線模糊，但是——

——**但是並沒有**。

在昏睡中的風鈴與沁芷柔，嘴角慢慢流出一道鮮血，並且從腳尖處，已經有些微部位開始化為白光，慢慢消散在空氣中。

「呃啊啊啊啊啊啊啊啊啊啊啊啊啊——！！！！」

在近乎崩潰的大喊聲中，我的五指已經掐進掌心中，用力到捏出血來。我比誰都更瞭解，在六校之戰中化為白光的意義是什麼。

我曾經親眼見證過太多人的死，幻櫻……飛羽……輝夜姬……甚至連前一次時間線的自己的死亡，都從回憶裡看到過。

那些人的死，我無法干涉、無力去阻止，因為當時的我實在太弱小了，我甚至沒有辦法拯救自己。

但是，現在的我已經很強了。

我已經強到可以在虛擬世界裡斬開整個世界——我已經強到了返璞歸真之境——我已經獲得了大家的認同——我已經不再是獨行俠——變得很堅強很堅強，並想以這樣的堅強……來拯救我的夥伴。

然而，與當初弱小時的我一模一樣，不管我再怎麼努力，嘗遍苦吃盡痛，我最珍視的夥伴……最重要的朋友，終究在我面前即將死去，即將化為白光點點消散。

「給我停下來——！！！！給我中止試煉——！！！！」

在親眼看到風鈴與沁芷柔面臨死境的此刻，我已經近乎瘋魔，將所有事都拋在腦後，不管不顧，只想救下眼前的兩名少女。

「啪」的一聲雙手合十，我紅著眼，想要召喚出意念之刀。意念之刀如果可以斬掉「問心七橋」，那肯定也可以斬掉這個亦真亦幻的宇宙，一刀不夠我就斬十刀，十刀不夠我就斬千刀、萬刀!!哪怕我的道心因此再次碎裂也無所謂，我想要救活風鈴、想要救活沁芷柔——

可是，就像我剛踏入紅色天秤時、背後的翅膀消失作用無法飛行那樣，我在這裡也同樣無法召喚出意念之刀。

只要在紅色天秤裡的領域，受限於那無數玄奧咒文的箝制，不管怎麼施展強者之意，也只是讓周圍的咒文不斷閃爍紅光罷了。

悲痛欲絕的我不斷流淚，不斷哭泣，我瘋狂地奔跑，想要衝出紅色天秤之外，卻被某種隱形的牆壁阻住，額頭在其上碰出鮮血，但身體的痛卻不及內心之萬一。

抱著萬一的希望，我轉向怪物君，抓住了他的手臂。

「幫我、幫幫我、求求你……!!」

我的聲音因充滿絕望而扭曲，幾乎連我自己都無法辨別聲音的主人。

一直以來都神通廣大，幾乎無所不能的怪物君，或許有辦法幫助我。就像快要溺死的人抓住一根稻草，死都不肯鬆手那樣，我把所有的希望都押注在怪物君身上。

「……對不起。」

只是，怪物君卻對我緩緩搖頭。

「與精神世界中不同，在這裡我的強者之意也無法提起，跟你一樣辦不到任何事……就連在前一次時間線，我盡了全力，也只能保全自己的學校與那個叫櫻的女孩……這一次我也會盡力救下你，不會讓你跟著C高中一起滅亡。」

救下我？怪物君說要救下我？就像救下幻櫻那樣？

不是要救我，是要救風鈴與沁芷柔才對呀!!為什麼你不救，為什麼你不救……

哪怕潛意識明白怪物君說的是實話，但我的內心依舊拒絕接受現實，但怪物君的說明卻讓我徹底陷入絕望。

「可惡啊────!!!我恨、我恨────!!!!!」

太過濃烈的絕望，使我的內心瘋狂產生出恨意，我恨自己的不中用，恨晶星人、也恨這個世上的一切──就在我仰天咆哮，打算像飛羽那樣燃燒自己的道心與生命，嘗試換來短暫的強大力量時，忽然之間，位於「本心之道」旁，輝夜姬遺留的「守護之力」，將一股暖意送進我的內心，在一瞬間遏止了絕望與恨意的蔓延。

也就是那絕望與恨意，被遏止蔓延的這一剎那，原本已經瘋狂的我，終於獲得片刻的意識清明。

然後，在那意識清明的頃刻間，我終於能夠聽見外界的聲音。

「前輩……」

「柳天雲……」

那是極為微弱的兩道聲音。

但這兩道聲音，卻像閃電打中我的身軀那樣，讓我忍不住渾身發顫。我立刻轉過身，看向躺在地上的風鈴與沁芷柔。

不知何時，她們的眼睛已經睜開了。她們雖然在試煉中失敗，但不知為何沒有像棋聖那樣在昏迷中死去，而是暫時恢復了意識。

這時我的身旁有一道細小的紅色裂縫敞開，從裡面飄出蒼老的聲音。那聲音就像怕被天上的晶星人發現那樣，壓低了音量，也夾帶著悲傷。

「小友……吾受於宇宙的規則所限，走到這一步，是不得不為……這是吾能幫上的最後一點忙了……還有，謝謝你剛才的答案。」

那聲音說完後，出現不到一秒的紅色裂縫，也隨之消失。

我沒有辦法細聽那蒼老聲音的說話，就只是撲到風鈴與沁芷柔身旁，注視著她們兩人。

這時候她們已經消失到腰部的範圍，只剩下上半身，身體狀態變得無比虛弱。

「對不起、對不起、對不起、對不起、對不起、對不起、對不起、對不起、對不起……我沒辦法拯救妳們……我沒辦法保護妳們……我——」

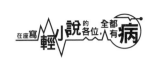

一邊流下眼淚，我話剛說到一半，風鈴卻慢慢伸出手，用食指擋在我的嘴唇前，阻住我接下來要說的話。

「……前輩……請不要……難過……請不要……自責……風鈴……是為您送行的風……雲如果哭泣的話，就會落地變成雨……那樣的話……就會沾染世間的灰塵……不再高潔……也不再明亮……所以請您……不要絕望……不要放棄自己……」

風鈴說到這裡，因為氣力衰弱而停了下來。

而躺在她身旁的沁芷柔，這時對我露出微笑。

「……柳天雲，人家一直都很喜歡你哦……超喜歡、超級喜歡的……對不起呢，因為我一直不懂得……坦率……大概這種傲嬌的類型……是你最討厭的吧……可是呢，也正因為太喜歡了……所以好多年以來，都沒辦法真正說出口……如果再回到一次當年的沙坑上……我……肯定會……不顧一切地攔住你……不再放你離開……在當時就成為你……真正的朋友……不再讓你感到孤獨……不再讓你……感到寂寞……」

就在這時，兩人忽然同時開口說話，並各自牽住我的一隻手。

「「所以……」」

「「請不要感到悲傷，繼承我們未竟的夢想，好好地活下去……」」

從進入怪人社以來，就一直在爭吵的兩人，此時彷彿心意相通，能夠互相理解。這一年來，始終沒有確認朋友關係的兩人，那如同看不見的隔閡般的心坎，也終於在這一刻正式跨過。

語畢，風鈴與沁芷柔，就此化為光點……徹底消散。

風鈴與沁芷柔在消逝前，有一部分飄浮於天空的光點，在我頭頂上方盤旋後，緩緩融入我的身體化為兩股力量，最後匯集在「本心之道」外，與輝夜姬遺留的「守護之力」並排，散發出陣陣暖意。

那是風鈴與沁芷柔的最後陪伴，她們哪怕已經死去，也仍然怕我孤單寂寞，依舊在替我著想……

思及此，我的眼淚止不住地流下。

「嘎哈哈哈哈哈哈～～本女皇就是想看到這種場景……啊、啊啊啊、多麼令人心癢難熬，如果以後再也看不到的話，該怎麼辦……？」

晶星人女皇的話聲從上方傳來。

背對著那話聲，在不語的沉默中，我依舊保持著跪在風鈴與沁芷柔身旁的姿勢。

「嗯？怎麼了？地球人……沒辦法再作戰了嗎？崩潰了嗎？嘻哈哈哈哈～～」

……後悔是無法繼續前進的。

還有不管是為了自己，還是為了復活怪人社的那些夥伴，我都不能在敵人面前示弱。

於是，聽著那肆意的狂笑聲，我擦乾眼淚緩緩站起，然後轉身面對晶星人女皇。

「……妳已經敗了。」

遙遙向著宇宙的高處，我冷冷地道。

「什麼？」

透過某種方式聽到我的話聲，晶星人女皇顯然陷入錯愕。

瞪視對方的同時，我繼續道：

「我說妳已經敗了——!!因為在不久後的將來，我肯定會復活大家，逆轉現在的局面!!我不會讓任何人的犧牲白費，我會變得更強、更強、更強——直到超越所有人的想像為止!!」

晶星人女皇哼了一聲，發出冷笑，然後道：

「……先給我繼續你的比賽，喪家之犬。」

風鈴與沁芷柔死後，我與怪物君兩人已經獲得了晉級的資格。在這時候，我們兩人的高度開始緩緩上升，最後飄浮到了紅色天秤的腰身處停下。

我轉過身，看向怪物君。

「戰吧。從某種意義上來說，這一場對戰……才是真正的最終一戰。」

除了因為六所學校的所有輕小說家，此刻已經死得剩下我們兩個之外，也因為這一場戰鬥獲勝的人，可以攀升至天秤的頂端，就此成為最終勝利者。

換句話說，已經不會再有其他對戰了，所有的一切，都將劃下休止符。

現在，我即將與怪物君進行的——

——就是貫穿這一整年時光，背負所有人祈願的終極之戰!!

飄浮於紅色天秤腰部的我們兩人，隔著無盡虛空，遙遙彼此對視。

……僅僅只是眼神相接，就擦出前所未有的戰火!!

這戰火的產生，不光因為我從未有一刻如此之強，也因為……我首次這麼渴望獲勝。

感受著環繞在「本心之道」旁的三股力量，在三股力量的拱托下，讓我體內的強者之意不斷節節攀升，打破原先已經幾乎到達極限的瓶頸……於那返璞歸真之境的基礎上，再次邁出一大步。

握緊拳頭，我默默感受著自己的力量。

……強大。

……風鈴、沁芷柔、輝夜姬……繼承夥伴們的遺志後，我已經變得厲害無比。

那是足以使風雲變色，超越極致的強大。

這洶湧澎湃的力量，是為了拯救夥伴，為了實現未竟的願望而誕生。

——所以不管敵人是誰，我都要打倒，都要徹底碾壓!!

——即使你是怪物君，哪怕你是君臨天下的王者，也不會有所例外!!

「……」

手摸口袋，怪物君緩緩取出一副無框眼鏡戴上。

從幻櫻的記憶中我瞭解到，怪物君只有認真起來的時候才會戴上這眼鏡，這是他給予敵人敬重的必經儀式。

仔細感受我的氣勢，怪物君輕輕頷首。

「現在的你……很強。就算包含前一次時間線在內，我也從未見過這麼強的對手。」

「柳天雲，我也必須承認……雖然只有短短的一瞬間，但身為絕對王者的我，居然也閃過『我可能贏不了』的念頭。能讓我如此失態，你足以自傲……所以交手過後，無論如何，我也會對你報以相應的敬意。」

此時，我們兩人互相點頭。

甚至不需要晶星人宣布比賽開始，也不需要任何多餘的交流——當感受到對方那提升到幾乎漲裂的氣勢後，就能瞬間明白，敵人已經準備好了。

於是……真正意義上的最終一戰開始了。

在無法使用強者之意的這個空間，我們當然是回歸本心，用輕小說來進行交戰。最基礎的篇幅長度，最基礎比賽時間，最基礎的題目……也就是十萬字的輕小說，十個小時的比賽時間，以及自由發揮題目。

一次定勝負，一書分高下。所有的最基礎，在最強兩人的默認之下，點燃第一道熊熊戰火。

首先出手的是怪物君，他以指代筆，在空中奮筆疾書。隨著他的動作，文之宇宙本身竟然也開始響應，變出雪白的稿紙不斷記載他的文字。

怪物君所寫的輕小說，定然非同小可。因為在他書寫時，無法使用強者之意的他，每寫一個字竟然依舊令虛空產生輕微的波動與扭曲，遠遠看去，他那邊的空間就像水面那樣不斷產生晃動。

哪怕是當初面對幻櫻時也沒有出盡全力，但此刻的怪物君臉上卻是一片嚴肅，他真正把我當成了對手，毫無保留地在虛空中揮灑文筆，徹底展現他的實力。

見狀，我也以指代筆，本來想開始書寫輕小說，但手指剛一伸出，卻慢慢頓住。

……現在的我，可以輕易寫出很多優秀的輕小說。

……可是，什麼樣的小說可以擊敗怪物君呢？

……要滿足晶星人女皇才能取得願望，什麼樣的小說，才能讓那個像瘋子一樣熱愛輕小說的人徹底滿足呢？

我伸手按向胸口，感受著強者之意旁守護的三股力量，同時我也想起了待在C

高中，焦急地等待的雛雪與桓紫音老師。

然後我輕聲道：

「……假如是過去的我，大概沒辦法完成這麼困難的事吧。

「……可是，現在的我不一樣了，完完全全不一樣。」

要打倒怪物君，又得滿足宇宙中那個瘋女人……這樣的輕小說，這樣子的故事，真的存在嗎？

歷經一年的心酸血淚、笑鬧歡騰，一切的一切於我的心中慢慢流過，最後觸及本心之道，使我得出了答案。

「存在的……肯定存在的。甚至不用找遍大千世界，不用尋覓億萬靈感……因為這樣子的故事，就在我的身邊……一直以來，都離我太近太近……直到重歸起點的此刻，我才能頓悟察覺……」

於是，我再次把手指朝虛空中伸出。

「我要寫的輕小說……」

在我即將落筆的那一瞬間，忽然之間，虛空中起了強烈的扭曲，無數紅色裂縫也如閃電般橫空而過，帶起的無邊氣勢甚至讓怪物君都臉上變色，朝我這邊看來。

「我要寫的輕小說，它的名字是……」

而我則閉上雙目，發出長長的嘆息聲。

無數回憶在這時湧上心頭，與其同時，我也把未續的話說完。

「我要寫的輕小說，它的名字是……《在座寫輕小說的各位，全都有病》。」

第九章 復活的代價

「我要寫的輕小說，它的名字是……《在座寫輕小說的各位，全都有病》。」

伴隨著我開始動筆，無數金色文字也從我筆下不停飛出。文之宇宙開始化出稿紙，將那無數的金色文字不斷化為烙印，浮雕於稿紙上。

那無數文字化為眾多金色烙印，在散發陣陣熾熱氣息的同時，也蘊含無法言表的強大，導致原本平靜的文之宇宙裡開始慢慢颳起微風。那微風自小轉大，在我的筆鋒於第一個小章節做停頓時，開始化為強勁的暴風。

「什麼……!!這暴風是怎麼回事!!」

這前所未見的暴風，甚至足以動搖停留於天空上的晶星人宮殿。發出一聲驚叫後，晶星人們像是急忙啟動某種動能系統，才終於維持宮殿的平衡與穩定。

但我卻沒有動。

如果說，文之宇宙會颳起暴風，也只會是文之暴風。這暴風或許可以吹動文心不堅的人，可以將道心有缺的對象遠遠驅離，但這卻無法影響我的身軀，甚至沒有資格進入我的視線中！

因為我的視線裡，此時除了眼前的文字與故事之外，已經空無一物。

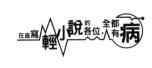

「所以……形成吧……《在座寫輕小說的各位，全都有病》……」

於怪人社的點點滴滴，有爭鬧，有歡笑……亦有點滴淚水。這一年來，我從怪人社裡獲得了太多太多，正因為獲得太多，正因為如此接近，一切的體悟才會如此深刻……如此難以忘懷。

所以，沒有比這更適合我的輕小說了。將自己的所有化為作品，使經歷的一切成為文字——!!

或許我並不適合成為男主角，但是世界上，絕對沒有比我的那些朋友……那些夥伴，更怪、更適合成為輕小說女主角們的人了。

也沒有比我們這些怪人聚在一起時，產生的那些鬧劇，更適合成為輕小說的故事了。

這部輕小說裡，同時也包含我一輩子所有對於寫作的理解，更有對情感的無限感慨。

「我因輕小說而失去的東西，也將以輕小說來取回……」

在奮筆疾書的過程中，那數之不盡的熾熱金色文字，彷彿將我的話聲也染上道意。我的話聲並不大，卻能在整個文之宇宙中同時響起，變得幽幽蕩蕩，像是慢慢融入了虛空中。

「曾經，我很害怕立於頂峰處看到的風景，那裡太過荒涼，將遭受孤獨與陰鬱的侵襲——因為哪怕於寫作之道上付出得再多，走得再遠，身邊也不會有夥伴的出現，始終是孤身一人。

「而現在……我已經變得不一樣了。隨著六校之戰的這一年來，原先孤寂無比的道路上，開始漸漸出現能並肩而行的夥伴……那些夥伴就像一道道溫暖的光芒，治療了我因孤獨而充滿傷痕的內心，也在那原先荒蕪一片的頂端處，帶來足以使百花萌芽的勃勃生機……這生機，讓我可以再次成為擁有夢想的旅人，迎著逆風繼續走向明天。

「而慢慢的，因為習慣了擁有，所以我也開始變得害怕失去……」

幻櫻、風鈴、沁芷柔、輝夜姬化為白色光點消散的情景，慢慢浮現於我的心中。

「我已經不想再失去……

「所以，對於不想失去的事物，我將傾盡一切捍衛到底……哪怕必須付出無法想像的代價，我也不會因害怕而退縮。因為我想與妳們一起前往夢想的彼端，想與妳們一起去看看世界的盡頭……」

我想起了曾經對幻櫻承諾，我不會再逃了。

我想起了曾經向雛雪約定，要讓她見證一輩子贖罪的延續。

我想起了曾經對沁芷柔說，要負責賠償她多年來流下的淚水。

我想起了曾經答應過風鈴，要讓她永遠待在我身邊。

我想起了曾經與輝夜姬有過契約，要成為她的月亮。

一切情感與想法化為眾多金色文字，而那金色文字不停飛舞湧動，最後融於稿紙上，留下道道帶有強大氣息的文字行列。

那一字一句的氣息不斷疊加累積，最後強大到了讓任何人都無法忽視的地步，然後——

然後，在整個文之宇宙裡，原本空無一物的極西方，忽然有一道巨大的裂縫產生。那裂縫就像整個文之宇宙驀然睜開了眼睛那樣，內有幽幽然的漩渦正在不斷轉動，對我專注投以視線。

……現在的我非常強大，強大到不可思議的地步。

但我所獲得的強大，我此刻所能寫出的故事，是因為夥伴們的笑容與陪伴，所以才被賦予其意義。

如果失去大家的話，那我的強大，我的故事，我的人生，都將失去其意義，只能換來空洞與悲傷。

所以……

「所以……請妳們復活過來，讓我見證這個故事的延續……」

「所以……請妳們不要拋下我，讓我成為孤獨一人……」

「所以——請妳們讓我能當面說出——我也喜歡妳們——！！！！！」

從進入怪人社開始……與沁芷柔相遇……與風鈴相遇……與雛雪相遇……與輝夜姬相遇，那一次又一次珍貴的相遇，形成後來無可替代的羈絆。哪怕是幻櫻，現在也有我能理解她……因此在桓紫音老師的帶領下，這個充滿有病怪人的故事，可能有悲傷，可能有痛苦，但絕對不會有真正的孤獨與寂寞。

在四周不斷產生、那彷彿無窮無盡的虛空裂縫中，我的故事不斷完善……完善……隨著故事進度不斷推前，整個文之宇宙恍若承受不住這樣子的力量，竟然漸漸產生某種扭曲。

然後，在比賽時間即將結束，寫到整篇輕小說的最後一個字時，我以手指落下最後一筆。

那一筆有如鐵鉤銀劃，產生了如雷的亮光，劃破了空間，也照亮了對面怪物君的臉。

我看見怪物君在笑。

他確實在笑，而且笑得很燦爛。

完成《在座寫輕小說的各位，全都有病》的剎那，我朝怪物君面前的稿紙看去，原本已經做好與怪物君較勁到底的準備，但這一看，我卻愣住了。

飄浮在怪物君面前的稿紙，只被寫滿了一半。從時間來推斷的話，從我寫《在座寫輕小說的各位，全都有病》到一半左右，他就停下了自己的筆鋒，始終觀望著我，露出這樣的笑容。

沒有寫完作品，就肯定無法獲勝。

而怪物君卻顯然早早停下書寫，以傲為名的他，卻主動放棄了勝利。

我怔怔地望向怪物君，但怪物君卻只是以那好看的笑容看著我。

與此同時，有太多的不解在我的心中誕生。

——你為什麼不寫完輕小說？

——你為什麼要望著我，露出那種不帶任何敵意的笑容？

——為什麼，你要故意輸給我！！！

然而，我還來不及將一切問出口，沒有完成作品的怪物君，就被晶星人宣布了敗北。

被宣布敗北同時也代表著死亡，但怪物君卻依舊在笑。

「不愧是前一次時間線的我……判斷如此正確。」

一邊笑，怪物君點頭讚嘆著自己，同時他如此道：「你讓我見證了奇蹟，在剛剛落筆完書的那一瞬間，或許……你已經無限接近了第五念。但哪怕如此，只要你沒有真正踏進第五念，我就有與你一較高下的資格……」

怪物君說到這裡一頓。

然後他繼續道：

「但是，我想相信前一次時間線的自己，所以……我也想相信你。其實我一直以來，都在拚命尋找讓六所學校的人都存活下來的道路。只是，在那星象顯示的無數未來中，我始終找不到能實現理想的方法……然後我就明白了，雖然我足夠強大，但單靠強大，或許根本無法辦到這件事。

「而你……柳天雲，在剛剛那一刻脫離星象的顯示，你居然擁有了能撬開第五念的可能性，窺見連我也不曾達到的高度……這樣看來……很有可能，你真的是前一次時間線的我，口中所說的『希望之門』……」

怪物君話聲慢慢低了下去。

「但是，剛剛我也提過，單靠強大是無法達成理想的。所以，這一切都不是最重要的，最重要的是……你很想贏。

「柳天雲，連我都無法看清你究竟背負了多少東西，你對於勝利的渴望與信念，已經堪稱不可思議。那是不惜粉身碎骨、哪怕撕裂命運也要拚命獲勝的……強大執念。

「你的執念，值得讚賞。不光強烈到能扭曲虛空，或許也能尋出無數星象中不存在的道路……也足以讓高傲的王的想法，對你產生刮目相看的改變……」

緘默片刻後，怪物君灑脫地一笑。

「如果是這樣的你，是你寫的輕小說，是你的執念的話——或許這一次，真的能對未來的軌跡產生影響，去窺見我無法率領子民抵達的前景，復活六所學校所有的學生，讓大家都能露出笑容，回到和平的日常生活中。

「所以……接下來就交給你了。」

在說到這句話的時候，怪物君的腳踝處以下開始化為點點白光，成為存在之力散去。

但怪物君沒有半點動搖，他繼續把話說完。

「但是，請不要忘記，王是不敗的，我直到死前，一次也沒有真正敗過……我只是把希望交給了你，把一切都賭在你身上，如此而已。

「也請讓我相信……不管是前一次時間線的我，還是這一次時間線的我，看人的眼光，都擁有不負於賢王名號的資格!!」

隨著怪物君發出釋懷的大笑，他就連腰部以下，都徹底化為白色的光芒。

直到死前也不肯服輸，保持著極端的高傲，我不禁想起初次與怪物君進行友誼賽時，怪物君端坐在王座時，那高大的身影。

「……通往王座的道路，並不是那麼好走。

「那麼，來吧……前來我這裡，一路過關斬將，殺出屬於你們印證自身的道路。

「——直到不見王影的那刻為止!!」

至今也還記憶猶新，在「問心七橋」的虛擬世界中，怪物君的幻影所說出的話。

「不高傲……何以為王!!」

直到現在，怪物君的生命已經如風中殘燭，他依舊還是秉持著王的傲氣，王的尊嚴，到死前也極盡帥氣，簡直瀟灑到了讓人嫉妒的地步。

在怪物君的開懷笑聲中，他的身軀徹底消散。

但直到白色光點消失為止，那笑聲依舊久久不絕……久久不散，直到最後一刻，也訴盡了王的偏執與任性。

……怪物君死了。

……所有人都死了。

六校之戰激鬥至此，終於只剩我一人。

犧牲了太多，付出了太多，歷經一年時光，我終於走到這一步，幾乎伸手就能觸及希望的大門。

曾經，沒有遇見怪人社成員們的我，始終待在狹小的天空下，於那平凡的生活隨波逐流，隨著孤傲絕情，自身的世界也慢慢陷入無盡的黑暗中……

——正是在那無盡的黑暗裡，代表怪人社成員們的光芒靠了過來，將她們身上的光給了我，但這行為使她們自身變得黯淡無光，轉眼就會被淹沒在時間線轉動帶來的浪潮中……

所以，哪怕浪潮再大再凶猛，我也想以全身護住那微弱的光芒，想要用力推開希望的大門，將外界的光芒引導至此，讓已經微弱的光芒再次壯大。

「……所以，我要復活大家。

「……所以，我要讓所有人，都再次露出幸福的笑容!!」

於低喊聲中，我的身體再次緩緩上升，到達紅色天秤的頂端。

這裡是距離得到願望無限接近的勝利之地，也是在六校之戰那無數的美夢中，能帶來一切的希望之地。

「……」

終於，晶星人女皇的宮殿中，飛出一艘小型宇宙船。晶星人女皇站在其上，慢慢朝我這邊靠近。

如願以償的緊張、焦急難耐的迫切、百感交集的悲傷，有太多情緒在我內心湧現，但最後都被我強行壓下，最後我平靜地看著整個文之宇宙，看著在晶星人女皇緩緩降下。

搭乘小型宇宙船的晶星人女皇，飄浮在紅色天秤的上方不遠處，在接近到能夠互相交談的距離後，我看見她臉上充滿惡意的笑容。

然後晶星人女皇對我這麼說：

「噫嘻嘻，恭喜你，你是叫柳天雲吧？你是存活到最後的贏家，所以C高中得救了，寫出來的輕小說本女皇可以晚點再看，總之你先許願吧？快許願！快！」

晶星人女皇在降臨時的條件，是這樣說的：**在最終一戰的勝利者中，如果有女王賞識的輕小說家，就能獲得實現一個願望的機會……**

照當初的條件，她應該要先看過我的輕小說，如果覺得喜歡，才賜予我願望。然而，現在的晶星人女皇，卻帶著迫不及待的表情盯著我，不斷催促我快點許下願望。

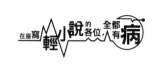

晶星人女皇臉上的惡意，彷彿渴望眼前這一刻已經許久那樣，幾乎要滿溢而出。

……她正無比期盼某件事，或者說，她想見證某件事的誕生。

「……許什麼願望都可以吧？」

晶星人女皇聽我這麼說，忽然掏了掏耳朵，眼睛四下亂轉，模樣十分狡猾。

「啊～～啊～～啊～～本女皇當初可沒有說過這樣的話哦？如果許什麼願望都可以，那如果你想取代我的王位，難道真的聽從你的願望嗎？這當然是不可能的。」

這時晶星人女皇向著上方，或者說整個宇宙忽然張開雙臂。

「所以～～噹啷～～本女皇替優勝者準備好最棒的大禮，也就是這個文之宇宙!!這可是晶星人花費超多資源造出的奇特空間哦，喜歡吧？你一定很喜歡對吧？嘻嘻嘻嘻……」

帶著難以忍耐的語氣，晶星人女皇的語速越來越急促。

「話說在前頭，本女皇可沒騙你。這個『文之宇宙』，處於虛擬與現實的夾縫之間，是集齊無數寫作者的道心與願力成就的奇蹟……換句話說，在強烈無比的願力影響下，這整個宇宙，本身就是能實現願望的『最強許願機』……」

她說到這裡忽然停下，像是想看見我渴求希望的表情那樣，仔細盯著我看。

然後她嘻嘻一笑，把話繼續說下去。

「雖然是最強許願機……但也只能實現你真心渴求的願望……而且，萬物都有其平衡，想要實現一件事，就必須付出相應的代價，這是不變的原理，也是所謂的『等價交換』……啦啦啦啦啦啦，說到這，你能聽懂嗎？應該能懂吧？不然接下來本女皇會很無聊的！」

晶星人女皇像跳舞似地轉了個圈，最後，她指向紅色天秤兩側的銀盤。

「啦啦啦啦啦啦～～～～聽好了，這兩個銀盤就是文之宇宙裡的許願中樞!!也就是能實現願望的唯一管道，只要把你所有能用來交換願望的東西放到左邊，依據下沉的幅度，就可以相應獲取同等程度的願望!!」

——!!

聽懂晶星人女皇話語的瞬間，我忽然感到背脊發涼。

我明白了，為什麼晶星人女皇從比賽的開始就如此熱中於解說。

我明白了，在我獲得最終勝利後，晶星人女皇為什麼連看都不看輕小說，直接給予許願的權力，並不斷催促我許下願望。

我也在這時，想起風鈴曾經說過的話：

「……那個、風鈴曾經在書上看過，天秤在希臘神話中，最古老的由來是來自正義女神『阿斯特蕾亞』，這位女神負責以天秤來區分人類的善惡與正邪，是一位優秀

的神祇。

「……而現在，這個天秤的兩個銀盤，也像即將測量某種東西一樣，懸在半空中不動……可是這天秤就是宇宙中唯一的事物，它還能用來秤量什麼呢？」

站在天秤的頂端，看著底下的兩個銀盤，我沉默了。

原來天秤上的銀盤，是用來秤量願望的平衡程度。只有付出相應的代價，才能取回相應的東西。

在越來越明白眼前情況的此刻，我渾身都開始發顫。

──我沒有足夠的代價，可以用來交換回一切!!

──晶星人女皇會如此期待這一刻，代表我能付出的東西，與失去的東西相比，相差太多太多!!

能付出的東西，已經失去的東西，其中究竟有多少差距？我能救活多少人？連怪物君死去了，都把希望託付給我了，可是、可是──

可是，我此刻面臨的是全宇宙中最大最邪惡的絕望。

晶星人女皇一度把希望拋給了我，讓黑暗中的我看到出路，但我將道路走到底後，才悲哀地發現那其實只是另一條絕望之路的起點。

獲得希望後再次陷入黑暗，這是內心所能發出最痛苦的悲鳴。

可是，哪怕再怎麼痛苦，我也不能就此停止掙扎，也絕不能就此倒下。

所以——

在連牙關都開始打顫的恐懼中，我把手頭唯一持有的籌碼——也就是寫有《在座寫輕小說的各位，全都有病》這本輕小說的稿紙往左邊銀盤拋下。

那小小的稿紙卻彷彿重量極沉，落在左邊銀盤後，把銀盤下壓了三分之一。

然後，我朝整個宇宙嘶吼出聲。

「我要復活六校之戰的所有人——!!」

就在我的願望許下的瞬間，整個文之宇宙產生一陣波動，接著一陣古老滄桑的聲音，在整個宇宙裡先是發出嘆息，接著緩緩回答我：

「你給的代價不夠……」

如果此刻有一面鏡子橫在眼前，我肯定會看見自己露出絕望的表情。

但很快我又扯開喉嚨拚命大喊出聲。

「我要復活怪人社的所有成員——!!包含幻櫻、風鈴、沁芷柔、輝夜姬在內，全都要復活!!」

我已經降低了要求，但是那古老滄桑的聲音依舊再次傳來，連給的答案都一模一樣。

「你給的代價不夠……」

我發出絕望的吼聲，無法催動光之翼的我，拚命從高空中跳下去，跳向那無盡距離之外的左邊銀盤。雖然文之宇宙中的重力與地球不同，但我仍然重重摔倒在地，左腿就此斷折，骨頭從肉裡穿插而出，大量鮮血迅速流淌到銀盤上。

但我感覺不到疼痛，只是仰天拚命嘶喊：

「連我的命也換算成代價，我要復活怪人社的所有成員——!!包含幻櫻、風鈴、沁芷柔、輝夜姬在內，全都要復活!!」

「你給的代價不夠……」

我拚盡了所有，但得到的依舊是這句無情的話語。

晶星人女皇見狀，從天秤頂端上俯視我，發出自得其樂的尖銳笑聲，笑得響亮無比。

接著，大概是為了見識我更多的痛苦與掙扎，晶星人女皇假裝好心地開口向我解釋現狀。

「柳天雲，本女皇就告訴你答案吧……嘻嘻嘻嘻，我真好心呢。根據粗略的換算，你的輕小說只能用來復活一個人……啊、原本沒受傷的你如果拿來當代價，應該也可以復活一個人啦，但現在就沒辦法了。」

她說到後來，話聲越來越輕柔，聽起來也越來越危險。

「那麼……柳天雲，你要選擇復活誰？她們每個人都為了你而死，你卻只能挑一個人唷，聽好了，一．個．人．唷！嘻哈哈……嘻哈哈哈哈哈哈～～～～～有趣，太有趣了，哈哈哈哈哈哈哈……」

晶星人女皇一邊捧腹大笑，一邊說出自白。

「從一年前開始，我就沒有打算放過你們，看到小白鼠陷入無止盡的痛苦與輪迴，這才是本女皇的最愛……太棒了，現在看起來真是太棒了——!!嘎哈哈哈哈～～～～～」

「……」

……沒有辦法了嗎？

……真的已經陷入絕望，沒有辦法可想了嗎？

聽著晶星人女皇的笑聲，左腿斷折、流了滿地鮮血的我趴在盤面上，把臉孔藏於陰影之中。

然後，我按住自己的胸口，感受著自己心臟的跳動。

「怦怦、怦怦、怦怦……」自心臟的跳動聲裡，閉上雙眼的我，能感受到其中隱藏著澎湃到了極致，誓要拯救眾人的決心。

這決心是夥伴們帶給我的。在還清她們的恩情之前，我就算是死，也不能放棄

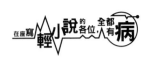

希望。

……如果曾有人在我身上期盼過「希望之門」的存在，哪怕是用沾滿鮮血的指甲去拉扯，用牙齒將其嘶咬啃裂，我也會將其拚命撬開，讓大家看見門後的風景。

……!!

就在瘋狂思考的瞬間，忽然之間，有一道靈感就像閃電那樣打入內心，我想起怪物君死前所說的話。

「但是，我想相信前一次時間線的自己，所以……我也想相信你。其實我一直以來，都在拚命尋找讓六所學校的人都存活下來的道路，但在那星象顯示的無數未來中，我始終找不到能實現理想的方法……然後我就明白了，雖然我足夠強大，但單靠強大，或許根本無法辦到這件事。」

怪物君說了……單靠強大，或許根本無法辦到這件事。

怪物君說的話，從來就不會有錯。因為身為無上王者的他，哪怕是死了，也依舊遵循著自身信念，踏在正確的道路上。

其實怪物君早就在前一次時間線可以殺光所有人，帶著Y高中回到現實世界，但他沒有這樣做，雖然其孤高狂傲，但同時也是一名通情達理的賢王。

所以，就像怪物君相信我那樣，我也想相信怪物君的推斷。

……單靠強大……無法辦到這件事……嗎？

……單靠強大……

……單靠……

……

沉默許久後，在那彷彿不語的誓言中，我終於打破沉默，張開嘴。

然後我笑了。

「哈哈哈……」

本來晶星人女皇本來也在放聲大笑。但是就在這時，她的笑聲突兀地中斷，歡容也消失不見。

晶星人女皇看向我，冷冷道：「本女皇聽錯了嗎？為什麼你也在笑？」

她沒有聽錯，我確實在笑。

而且是哈哈大笑。

「哼哼哼哼哼……哈哈哈哈哈哈哈哈哈哈哈哈……哈哈哈哈哈哈哈哈哈哈哈哈……哈哈哈哈哈哈哈哈……原來如此……原來如此嗎……」

先是以完好的右膝跪地，我一邊大笑，一邊撐起身體。等終於站直後，我與晶星人女皇隔著虛空遙遙對視，但我還是在大笑。

我已經很久沒有這麼笑了，按著臉哈哈大笑。

從五指的指縫中逼視晶星人女皇，將她那笑意全失的臉孔收入眼中，我像是要把過去那段時間喪失過的狂妄與孤寂一口氣取回那樣，越笑越是大聲，越笑越是歡暢。

然後，我對她發話。

「妳真的以為我柳天雲輸了嗎？哈哈哈哈哈……天真，何其天真!!」

這是我有史以來最瘋狂的一次行徑，同時也將是人生中最後的張揚。

晶星人女皇聽了我的話，露出冷冷的表情。

「柳天雲，少裝蒜了，你現在已經沒有退路，只能乖乖選一個人復活，然後淪落到無盡的痛苦中……後悔為何不選另外一人，而那個被你復活的人，也將脫離不了那種陰影，將與你一起……」

「哈哈哈……哈哈哈哈哈哈哈……哈哈哈哈哈哈哈哈……不懂嗎……妳果然不懂啊……」

我再次按著臉大笑，用笑聲打斷了晶星人女皇。

笑聲慢慢止歇後，我昂然道：「誰說我只能選一個人復活了？我柳天雲從來不做虧本的買賣，我偏偏要選擇所有，我不光想復活怪人社的大家……連Y高中的怪物君……還有這一年來所有在六校之戰中喪生的學生，這一切的一切，我全部都要復活，不會遺漏半點!!

「而且我敢保證，妳不但會見證所有人復活，還會對我的行為感到贊同，不會出手阻止。」

晶星人女皇聽到這裡，已經是又驚又疑，她偏過腦袋似乎在仔細思考，但卻想不出個所以然來。

最後她如此厲喝：

「少胡扯了，你根本付不出足夠的代價來復活所有人!!」

「哼……代價嗎……我當然有。」

回覆對方後，我先是微微一笑，然後高高舉起右手。

凝視著我的右手，晶星人女皇的表情十分認真，像是想看我要耍什麼把戲。

接著，我右手臂回彎，用手指指向自己。

晶星人女皇一看，臉色立刻垮下來。

「豬玀就是豬玀，始終學不會教訓!!剛剛不是已經說過，就算付出你的生命，最多也只能交換一個人。而且你現在受傷了，等同於一無所有，根本沒有可以用來交換的東西，就是一個面臨絕路的窮鬼!!」

「……妳錯了，我不是窮鬼。」

「!?」

聽到我的否定，晶星人女皇眼睛微微睜大。

接著，我淡淡開口，進行剛剛話語的延續。

「……我非但不是窮鬼，而且現在的我，毫無疑問是整個宇宙裡最富有的人。」

「你說什麼——!?」

晶星人女皇一愣，她不明白我的意圖，於是她沉默下來，靜靜觀察我的一切。

接下來，她看見我的雙手慢慢舉高……舉高，直到與雙肩平行。

然後，我的雙手慢慢合十。

伴隨著這個動作，忽然有大量的淡藍光芒自我的身上竄出，那光芒太多也太強烈，彷彿在這個宇宙裡瞬間點起了一盞小型太陽。

這是能成為籌碼，做為代價交換願望的藍色光芒。

而在那無數淡藍光芒浮現的瞬間，原先處於文之宇宙的極西方，在我寫出《在座寫輕小說的各位，全都有病》時就一直存在的宇宙之眼，驀地睜大，其中蘊含了無比的激動與驚訝。

「————！！！！！！！！！」

晶星人女皇大吃一驚，一直以來都覺得自己穩操勝券的她，此時吃驚到幾乎無法言語，甚至踉蹌後退好幾步。

然後她在侍衛的攙扶中發出尖叫。

「————不可能!!絕對不可能!!你已經沒有可以用來交換的東西了，就算你把生命徹底用來交換，也不可能催發出這麼多能做為代價的光芒……也不可能驚動文之宇宙的意志，讓其露出如此程度的渴望!!可是、可是你——柳天雲，你到底做了什麼？這些淡藍的光芒，到底又代表什麼!!」

驚訝、不解、遲疑，甚至帶著一絲恐懼，由於我的行為超乎晶星人女皇的預想外，她終於開始產生無法控制局面的挫敗之意。

與此同時，我身上的淡藍光芒還在瘋狂湧出。如同要填滿整片天空成為星辰……又好似要替代虛無成為根基，那淡藍光芒出現的數量太多太多，轉眼就遍布八方，讓整個宇宙都被染以相同的顏色。

於是，整個宇宙的顏色從原先深沉的墨黑，終於徹底變為帶著生機的淡藍。

彷彿在賜予整個文之宇宙某種造化那樣，立於周遭無盡的光芒中，朝著晶星人女皇，我淡淡開口。

「妳直到此時還不懂嗎？這些淡藍光芒的來源……」

「——!!」

晶星人女皇吃了一驚，她又露出拚命思考的表情，卻還是想不透。

我輕輕抬起手，然後在晶星人女皇驚駭的目光中，捻起一絲淡藍光芒，捉到眼前細看。那淡藍光芒有若實質，又像隨時都在轉換型態，哪怕只有一絲，也帶著無比的浩瀚之意。

如果湊到這麼近看，將視線穿透其中，就可以看見淡藍光芒中……有無數文字正在流轉，排列出一行行字句。

我鬆開手，讓淡藍光芒自我指縫中溜走。

然後我重新抬起頭，看向晶星人女皇，對她道出淡藍光芒的祕密。

「這些淡藍光芒，是我所有的寫作才能……我所有的道心……我所有的文

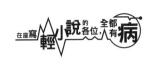

意……」

我微一停頓，然後繼續說下去。

「而對這個文之宇宙來說，曾經無限接近『第五念』的寫作才能、道心、文意，恰好也正是比一切都珍貴的寶物……所以，才能產生出這許多代價，製造出無窮的可能性。」

看著周遭每一絲光芒，裡面都有我曾經寫過的文字在流動。那些文字使我陷入回憶與過往，在沉默許久後，我雙手一伸，朝著整個宇宙微微招手。

「……那麼，我的才能、道心、文意……匯集吧。」

在我的話聲中，原本散在整個文之宇宙中的淡藍光芒爭先恐後地向我這邊飛來，然後在我手心中間凝縮，形成一個明亮無比的光團。

然後，我輕輕把這個光團，放在腳下的銀盤上。這是紅色天秤左邊的銀盤，也是衡量一切付出的生死之地。

充滿不捨地望著那光團，我毅然下定決心。

像是在對晶星人女皇說話，又像是在對整個文之宇宙開口，我道出對一切的解釋。

「我要以此……來進行代價的交換。

「一直以來，除了寫作之外，我就是個空空如也的無聊男人，因此寫作對我來說比生命還要重要……所以說——」

有一句話我沒有直接說出口，失去寫作才能對我來說，是比死還慘的代價。我將失去一切，重新墜回那不被任何人信任……不被任何人重視，一無所有的深淵中。

可是，即使這樣也無所謂。

因為如果這宇宙真的遵循其「等價交換」的原理，那麼此刻，我就用我的笑容……來換取大家的笑容!!

「所以說——交換吧!!」

在我確定說出要交換的同時，那才能、道心、文意被盡數抽出後所形成的光團，彷彿產生足以令整個宇宙顫抖的重量，迫使左邊的銀盤深深沉了下去。

「——與我交換吧，文之宇宙!!」

隨著我的喝聲落下，銀盤從原本三分之一的位置，已經沉到三分之二的深度去，把右邊的銀盤高高頂起。

在晶星人女皇無法置信的目光中，我對著整片文之宇宙，再次喊出最貪婪的願望。

「我要復活六校之戰的所有人——!!」

隨著我的話落下，左邊銀盤上先是一震，似乎正在拚命計算我的付出與想交換的事物，究竟是不是等價，然而……

然而……雖然在過程中花費許久，語氣也變得極為猶豫，但文之宇宙終究給了我相同的回答。

「你付出的代價不夠……」

「——!!」

旁觀的晶星人女皇本來臉色都呆住了，但她看到這一幕終於回過神來。

「嘻哈哈哈~~柳天雲，你倒是嚇了本女皇一跳，幸好你還是錯估情況失敗了……嘻嘻嘻嘻嘻……哭泣吧，掙扎吧……嘎哈哈哈哈哈~~~~」

像是要挽回先前失去的顏面那樣，晶星人女皇對我盡情加以嘲諷。

「在絕望的海洋中溺死吧，臭豬玀！剛剛還想嚇唬本女皇？現在無計可施的你，嘗到悲傷的滋味了嗎？嗯？這滋味應該還不錯吧？」

耳中聽著晶星人女皇的話，我默然站在原地。

……代價不夠嗎？哪怕我連自己的寫作才能、道心、文意都押上了，但因為要復活的對象實在太多，這許多生命牽連的因果近乎無窮無盡，所以就算凝聚了散在全宇宙範圍的淡藍光芒，終究只能再把銀盤下壓三分之一。

如果此刻，我把願望改為「復活怪人社所有成員」，大概就能如願以償，讓文之宇宙的願力開始生效。

可是，我欠怪物君一份人情，我雖然沒有答應過他什麼，但是他的願望，也將成為我的願望。

而且……

此時，我一摸自己的胸口。現在我的「本心之道」道心已經失去，但來自風鈴、沁芷柔、輝夜姬的「守護之力」依然守護在我的體內，不斷散發著陣陣暖意，試圖減緩心靈因道心消失而造成的傷勢。

……是啊，哪怕到了這個地步，夥伴們依舊陪伴著我。她們將一切都押在了我身上，相信我可以辦到任何事。

所以……我不能讓她們失望。

所以……我得不惜一切代價，讓那些願意相信我的夥伴們，見證天下無雙的風采。

於我的頭頂高空處，晶星人女皇又開始尖聲大笑起來。

「嘎哈哈哈哈哈哈～～～～柳天雲，你現在真的是一無所有的窮鬼了，徹徹底底沒有代價可以用來交換，哪怕你再怎麼於絕望中掙扎，最後還是無法拯救所有人……恐懼吧，徬徨吧，你本來……」

但她還沒說完話，我忽然慢慢仰頭，看向那無垠宇宙中的夜空。

哪怕付出了才能、道心、文意，我還是無法湊齊復活所有人的代價。

但是，現在的我，真的像晶星人女皇說的那樣，沒有代價可以用來交換了……嗎？

「……」

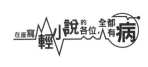

沉默片刻後，我慢慢露出苦澀的微笑。

不，我還有。

比起寫作才能、道心、文意，更加令我珍視的東西……我確實有的。

這是我最後能付出的代價，也是我一輩子的人生中，所得到過的最珍貴寶物。

仰頭望著文之宇宙，我忍不住露出慘笑，如果這個也失去的話，我將比墜入深淵還要悽慘，會徹底成為失去靈魂的行屍走肉，在無盡的悔恨與哀慟中度過餘生……

但我必須拿出來交換。

因為大家都已經為我付出太多太多，都已經守護過我了……這一次，輪到我來保護大家了。

於是。

在最後的最後，我對著整片文之宇宙，低聲開口說話。

「……把眾人與我之間的羈絆……拿去吧。

「……把一輩子以來，怪人社的大家與我相處所產生的那些情感……也都拿去吧。

「這樣子的話，包含怪人社在內的所有人都會忘了我，只有我會記得那已經不復存在的過去，在那無盡的孤獨中……在那連寫作都失去的黑白世界裡……伴隨追思、越是懷念，痛苦也會無止盡地加深……

「也就是說，承受世間所有的善意、犧牲所有人後，才活下來的我……也將在復活所有人後，在被眾人所遺忘的時間線裡……獨自懷抱所有的孤寂與落寞。」

隨著我的每一個字句落下，我的身上就有一團光球飄出。那是眾人與我之間的羈絆。

在第一團光球的反光中，我看見幻櫻笑著戳我的額頭。

在第二團光球的反光中，我看見沁芷柔穿著粉紅色和服追殺我的畫面。

在第三團光球的反光中，我看見雛雪與我一起賣同人誌的畫面。

在第四團光球的反光中，我看見風鈴笑著對我說，她可以成為替我送行的風。

在第五團光球的反光中，我看見輝夜姬害羞地對我遞上她親手編織的和服。

在第六團光球的反光中，我看見桓紫音老師掐著我脖子假裝生氣的模樣。

然後是第七團……第八團……到第數千團，那是與六校之間所有學生們之間的羈絆，包含這些人在內，他們也會徹底忘記我。

將這些羈絆盡數做為代價後，在無盡願力的影響下，眾人對我的記憶將被單方面消除，只有我還記得一切，只有我還在獨自擁抱所有，對我來說，這就是世界上最大最殘酷的代價。

當數千團光球盡數落在銀盤上之後，紅色天秤左邊的銀盤，發出沉悶的響聲後，終於被狠狠壓至最底，湊齊了讓所有人都復活的代價。

而且，我很確信這個舉動晶星人女皇不但不會阻止，甚至還會幫忙促成我的行動。

因為背負世間所有的孤寂與落寞，行屍走肉般承受無法想像的心靈痛苦，如此持續數十年，我將無比痛苦地邁向生命的盡頭。喜歡看他人陷入無止盡痛苦輪迴的晶星人女皇，絕對無法拒絕這樣的誘惑。

「柳天雲……你真的是……太棒了——！！！」

在晶星人女皇終於明白一切的尖銳笑聲中，我深深吸一口氣，藉此獲得足夠的勇氣。

……曾經，幻櫻為了救我，踏往悲傷之路，但是她所得到的，僅僅是怪人社眾人表面上的無憂與快樂。哪怕平靜的表象下，所有人的快樂，僅是構築於悲傷之上的虛假快樂，對幻櫻來說……那也夠了。

所以當時幻櫻選擇騙過所有人，甚至連自身的悲傷也一起騙過，在哀慟的業火中，點亮眾人的一線曙光。

「而現在……輪到我了。

「原來怪物君所說的，那星象中所謂的『希望之門』……是這個意思。希望與絕望，就像光明與暗影那樣，是一體兩面的。沒有光明，暗影就無法滋生，相對的……也只有極端的絕望中，能夠誕生出極端的希望。

「也就是說，我將以自身被眾人所遺忘，陷入永遠的絕望做為代價……讓己身化為橋梁，化為大門，將所有人的希望接引而來!!」

幻櫻、風鈴、雛雪、沁芷柔、輝夜姬、桓紫音老師……最後一次，我的腦海中閃過朋友們的笑貌。胸中的三股「守護之力」，也比過去任何一刻都還要熾熱。

「……好好見證吧，我會證明妳們的眼光沒有錯。當初的軟腳蝦，現在已經擁有寰宇無敵的強大勇氣!!這就是——受到妳們無條件信任的我——所能展現出的——天下無雙的風采——!!」

「啪」一聲，我用力將雙手合十，擺出祈願的姿勢。

在最後的最後，我深深吸了一口氣，打算對整個文之宇宙發出喊聲。

我即將發出的喊聲，同時也將宣告這一年來「六校之戰」的結束，所有人將結束夢魘般的日子，回歸現實與日常生活。

然後，我許下一輩子以來最大、最貪婪、同時也是最真誠的願望。

「所以復活吧，六校之戰的所有人——!!回到原本的日常生活中，懷抱你們應該擁有的幸福!!」

整個宇宙的意志與我的喊聲，在瞬間彼此呼應……

然後，整個文之宇宙，在瞬間被願望實現的白光所籠罩。

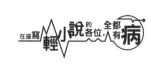

第十章　一個人獨行的小日子

待在自己家的客廳，身體陷進沙發內，我看著電視上的報導。

電視上已經連續半年，都在報導神祕失蹤一年的學生們忽然回歸的消息。這是號稱整個世紀以來最大的神祕事件，有人說這些學生是被吸進了百慕達三角洲中，有人說這些學生被鎚蛇妖怪吞下肚子過了一年，但外界誰也沒能猜到真相。

在最終一戰過去後，文之宇宙果然實現我的心願，讓六校的所有學生都復活，並且回到原本的現實生活中，過著平凡而幸福的生活。

我後來也發覺，由於文之宇宙實現願望需要的願力過多，加上過往的輝煌與道心也帶有關聯，它連我過去的成就都取走了。包含現實世界的所有人，已經沒有人記得柳天雲曾經寫作過，曾與晨曦一起稱霸寫作界。昔日活躍於文壇的柳天雲，就像被徹底抹去痕跡一樣，消失在願力的掩蓋中。

再來是六校的學生，大概是晶星人以某種高科技封鎖了學生們的傳達能力，所以雖然對六校之戰知情的學生有數千之多，但卻沒有人能夠把消息告訴外人。能夠創造宇宙的晶星人，想辦到這一點可以說是輕而易舉。

而且根據晶星人女皇的訕笑，為了加深我的痛苦，這些人都會遺忘自己曾經面臨過最終一戰，只會認為是被大發慈悲的女皇釋放回現實世界。

但也有另外一點讓這些外人非常在意，那就是數千名失蹤回歸的學生裡，忽然出現大量厲害的輕小說家，在國內帶起了一波輕小說浪潮。

「輕小說的閃耀世代!!」

許多出版社爭相出版這些學生們的作品，在輕小說品質極高的前提下，帶動了輕小說出版業界的繁榮，一時之間各類輕小說幾乎攻占了所有地方的暢銷排行榜，局勢強勁無比。

但在暢銷排行榜上，或者說整個輕小說出版業界，最有名氣的還是那些人。

我切換電視頻道，果然另一臺正在播報這些人的相關消息。

一名金髮巨乳的美少女輕小說家正在舉辦大型簽名會，在等待她簽名的書迷，至少有一千人之多。

「沁芷柔……」

看到沁芷柔發現電視節目轉拍時，對螢幕露出V字勝利手勢。我沉默許久後，看到她過得很好，變得安心起來。

而再切到另一臺電視節目，這臺是綜藝節目臺，正在播《神奇大發現》的特製節目。《神奇大發現》是由主持人在國內四處發掘奇特的現象，加以誇張化錄製成節目。

這一集的《神奇大發現》，是採訪傳說中的「高中美少女暢銷輕小說家四人組」

的節目。

節目的開頭以誇張的動畫極盡渲染氣氛，述說有四名還在就讀高中的美少女暢銷輕小說家合租一套大房子，而且裡面居然還一起住著美少女插畫家與美少女編輯，簡單來說就是六名美少女同居的採訪故事。

在主持人上門的時候，開門的是一名穿著紫色和服的長髮美少女，她看到門外的主持人一愣，不知為何「啪躂啪躂」地踩著拖鞋逃跑了。

「輝夜姬……可以奔跑了嗎……」

重新復活後的輝夜姬，身體狀態也被願力所修復，現在她是一名健健康康的少女。看著主持人的介紹，因為輝夜姬特別喜歡把蘋果糖塞滿嘴巴狂吃，又有個外號叫「倉鼠少女」。

主持人得到桓紫音老師帶領後，鏡頭轉向屋內。

在看起來非常氣派豪華的大房子裡，風鈴正在編織貓咪抱枕，輝夜姬似乎原本在向風鈴學習手藝，但這時候卻躲到二樓不肯下來。

我原本還有點疑惑，為什麼輝夜姬要躲到二樓，但我隨即想到以輝夜姬的個性，她會這麼說：「在子民面前也就罷了……但於外姓武士跟前拋頭露面，對於妾身來說是相當失禮的行為。」

我本來覺得有點好笑，但我的笑容，卻在莫名湧起的悲傷中慢慢消失了。

是啊……輝夜姬還是輝夜姬，但我已經不是原本的我了。

這時電視中，坐在餐桌前吃蘋果的幻櫻，瞪了主持人一眼，氣場強烈的她，讓原本想上前採訪的主持人退縮了。

為了擺脫尷尬，主持人這時候對著鏡頭說了一個笑話：

「啊啊……就算撇除不在家的沁芷柔女士與雛雪女士，這裡簡直就是美女如雲，就像男人的天堂一樣——哈哈哈哈哈——」

這一集的節目雖然很無聊，但因為大家都想瞭解這些美少女，所以收視率衝到當天的新高。

「……」

我關掉電視。

看起來，大家都過得很好。幻櫻、雛雪、風鈴、輝夜姬、沁芷柔，都在輕小說業界大放異彩，連桓紫音老師也當上她們的編輯，在幸福的氛圍中，她們終於迎來期盼已久的快樂。

所以沒關係。

哪怕沒有我，她們也能過得很好，也能笑得開懷。

我閉目。

可是……為何……

——為何即使閉目，也無法阻住此刻流出的淚水……

電視聲光不再的客廳內，此時寂靜無比。在那無邊的靜默中，已經失去寫作支撐心靈的我，空餘孤獨的眼淚相伴。

以己身的絕望交換眾人的希望，徹底失去寫作才能的我，甚至沒辦法再次動筆寫作。我的腦海中無法組合最基本的句子，就像一個沒有底部的木桶那樣，哪怕桶身再怎麼高，曾經能容納再多的水，也依舊是不能承載半滴水的無用之物。

而且半年前，我連道心與文心也一起做為代價壓上，現在我連最基本的閱讀都沒辦法辦到，所以我的學校課業也是一落千丈，變成人人嘲笑的吊車尾。

那些當初口口聲聲喊我「柳天雲大人」，圍繞在我身邊討好的同學們，在遺忘關於我的記憶後，面對左腿斷折後再次回到學校上課的我，也展開了捉弄的行動。

在人群中，身為不一樣的異類本來就是原罪。連動物為了更好地生存都會拋棄行動不便的夥伴，何況是自詡為萬物之靈的人類。

所以，成績既是吊車尾，又因為左腿跛足而行動不便的我，被欺負也是能夠料想的事。

剛開始是課本被人藏起，到後來惡作劇的行動加劇，剛進教室時會有大桶的水當頭潑下，將我徹底淋成落湯雞。

渾身溼透、一跛一跛的我慢慢走遠，背對身後C高中學生們的大笑聲，我只能沉默以對。

從小到大都是獨行俠的我，原本就不擅長人際關係的處理。只是從前我的成績相當優秀，可以自行處理一切，沒有暴露過自身的弱點。而在左腳留下永久傷勢，課業成績又大幅下滑的此刻，我就像失去爪牙的野貓那樣，連老鼠也能跳上來狠咬一口。

曾經也有幾次，我在走廊上遙遙看見過怪人社的成員。穿著卡通豹豹套裝的雛雪抱著畫板走在前方，身旁跟著幾個新朋友，在談話中，她們臉上都帶著開朗的笑容。

我靜靜站在原地，目送她離去。

「……面對其他人，也可以正常開口說話了嗎……太好了。」

我沒有去打擾雛雪，因為她已經克服內心障礙，變得積極與開朗。

我也曾在走廊上碰見風鈴，與她擦身而過之前，注意到我的視線，風鈴向我看來。

「那、那個……請問……」

喚住我之後，風鈴怯生生地向我發問。

「請問您……是不是身體不舒服……？需要送您去保健室嗎？」

「？」

當時我頗為疑惑，為什麼風鈴會這樣發問。直到離開那裡，走進廁所面對鏡子，我看見自己憔悴到像病人的臉孔上，那充滿悲傷與痛苦的眼神，此時才理解風鈴那句話的用意。哪怕對陌生人也如此溫柔，風鈴從始至終都是如此，她是一個好孩子。可是，我已經不值得風鈴如此溫柔對待，因為我已經不是能夠守護她的前輩。現在就算沒有了我，風鈴也能過得很好。

偶爾我也能聽見人群討論怪人社的言論。

「……吶吶，要去怪人社外面看看嗎？聽說社員都是超級美少女哦，風鈴大人與沁芷柔大人也都在那邊，不去的話太可惜了。」

怪人社依舊存在，而且儼然成為C高中的一大景點。雖然在桓紫音老師因為外面太過吵鬧，大發雷霆把所有人都趕跑之後情況變得有所收斂，但怪人社裡美少女成群的傳說，卻一直在校內不斷流傳。

但我一直都沒有接近怪人社。

將一切羈絆都做為代價交換願望，被所有人都遺忘的此刻，已經沒有必要去那裡了。因為我知道，我曾經的朋友們過得很好，大家都能露出幸福的笑容。

哪怕那笑容，是用我的悲傷交換而來也無所謂。因為曾經在怪人社獲得世上所有幸福的我，只要能遠觀她們的笑容，就已經心滿意足。

幸好，哪怕再怎麼痛苦，我也有能夠讓心靈暫時感到寧靜的棲身之所。

那就是書店。書店裡有許許多多的書籍，在最顯眼的架子上擺著怪人社成員的輕小說暢銷作，幻櫻、風鈴、沁芷柔、輝夜姬這四人的作品，大多數都是由雛雪進行插畫，也都是由桓紫音老師擔任外包編輯。

怪人社成員可以說是近乎完美無缺的組合，光是看就覺得閃耀無比，足以讓目標成為作家的人心生憧憬。

雖然我已經沒辦法寫作，甚至也失去閱讀這些作品的能力，但我只要看著那些開開心心買走這些輕小說的讀者，我就能感到一絲暖意，湧進漸漸變得冰冷的內心當中。

在最終一戰過去八個月後，這天的夜晚，我再次來到學校附近最大的書店，打算看看風鈴的新書封面。但就在我拿起架子上風鈴的輕小說新作時，忽然有一隻手伸過來，奪走我手上的書。我轉頭向對方看去，那是一個戴眼鏡的男生，我記得他。

以前C高中為了準備六校之戰，曾經盛行過「精英班」的輕小說家訓練，我也曾經是其中的成員。這個戴眼鏡的男生，輕小說校排名大概在五十名左右。當我還在精英班上課時，我曾多次教導過他關於寫作的基礎。

發現我的視線，眼鏡男對我露出冷笑。

「你是隔壁班那個跛腳吊車尾對吧？聽說你連最基本的文字閱讀理解都辦不

到……你真的識字嗎？還有不准再用你的髒手碰風鈴大人的作品，我可是打算追隨風鈴大人投稿的。」

一推眼鏡，眼鏡男高高仰起他的鼻子。

「跛腳吊車尾，給我聽好了，當初連桓紫音老師……你知道這個人是誰嗎？就是以前教導風鈴大人她們的恩師兼現任編輯，當初連桓紫音老師都曾經看過我寫的作品，而且不只一篇，大概有三篇吧？你知道這有多厲害嗎？這就代表我也有可能投稿出道，成為厲害的輕小說家!!就連B高中的小秀策也是我的朋友，他雖然還沒出道，不過也是很厲害的天才，小秀策說過我的文章勉強還可以，要知道對於一般人來說，這已經是至高無上的稱讚!!

「啊……對你說這些也是白費功夫，我寫過的小說大概比你看過的字還多，像你這種笨蛋，根本不曉得寫作有多辛苦。」

說到這，眼鏡男把風鈴的書放回架上。然後，他以不屑的言語做出最後的結尾。

「如果已經明白的話，就快點從這裡滾出去吧!!放滿諸位大人們作品的聖殿，不是你這種跛腳文盲可以玷汙的地方!!」

用力踢了一下我受過傷的左腳，眼鏡男趾高氣揚地離去了。

「……」

一跛一跛地走出書店，望著店外已經全黑的天色，我沉默下來，慢慢往回家的路上走去。而在回家的路途中，突然下起了大雨。沒有帶傘的我瞬間被淋溼全身，望著天空中豆大的雨點，我只能露出慘笑。

那是連言語與心靈，都一起沉默的慘笑。

「現在的我……就連獨善其身的獨行俠……都當不成了……

「因為我已經渾身滿是弱點，墜入當初最害怕的深淵當中……」

在慘笑中，這時候雨夜中的對向車道，似乎是因為視線不良的關係，有一輛車以極為危險的角度向我衝來，衝撞範圍甚至囊括了人行道。我急忙撲向一旁，雖然躲開了車，卻重重摔在滿是髒水的坑中，一時爬不起身。

仰天望著烏雲滿布的天空，雨點滴在我的瞳孔上，我默默注視著無情的上蒼。到了後來，爬滿臉上的水珠，已經不知道是雨，還是淚。

……我明白的。

……我早就明白的。

……文之宇宙的願力貨真價實存在，既然大家都已經復活，能夠露出幸福的笑容，那麼……相對的我就得承受同等的絕望，這就是等價交換。

而且我已經是個廢人，這樣子的我，本來就註定落入孤獨的苦痛中。

「……」

躺在水坑中的我，本來掙扎著正要爬起……

然而，就在這時，人行道的轉角處，忽然有一道撐著傘的嬌小身影轉出。

大概是因為摔倒的我擋住去路，那身影看到我之後慢慢駐足停下。

在黑夜中，於那密集的雨點下，我依稀能看清這身影有一頭銀白的長髮，以及嬌小迷你的身材，臉蛋也是無可挑剔的秀美。

看清這名少女的瞬間，無數回憶自我的腦海湧出。

「好！以後你就是我的奴隸……呃，就是我的徒弟了。

「為了方便稱呼，之後你就叫做弟子一號，一切都要聽我的話，懂嗎？

「我說只能往東，你不能去西；我說東西南北都不准去，你也得乖乖聽話。」

「……師父，那我就無處可去了。」

「蠢材！我的弟子一號竟然說不到三句話就使我蒙羞，你難道不會往天上飛？」

哪怕再過一百年，我也不會忘記這名少女是誰。

……幻櫻。

然後，我看見了——

應該已經不認識我的幻櫻，向跌倒在地的我伸出了手。

終於以雙雙存活的狀態相見……這是師徒之間，久違的再次重逢。

後記

大家好，我是甜咖啡。

在本集中，所有的伏筆都徹底交代，最終之戰也已經打完，相信各位也看出來了，《在座寫輕小說的各位，全都有病》這本書，即將面臨結局。

是的，下一集就是《有病》系列的完結篇，這個寫了三年多的系列，將會在下一集徹底畫上句點。

坦白說，此時我的心情相當感傷與複雜。不過能照著自己的想法一直寫到現在，真的非常感謝大家的支持。

這本書裡可能有一些誇張的成分，但同時也包含著咖啡多年以來，對於寫作的領悟與理解。

坦白說這部作品的題材相當特殊，所以也非常難寫，我曾經有幾次嘲笑當年的自己為什麼要自討苦吃，因為這部作品寫得好雖然會精采萬分，但失敗機率也相對的提高太多，並不適合用來當封筆之後的復出作。

只是，在自嘲過後，我往往就會陷入沉默。然後明白了當年的自己，肯定是信

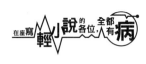

任現在的自己會變得足夠強大，所以才會放手一搏。

希望在寫出下一本完結篇的同時，我不會讓當年的自己失望。

再來，這裡回答一下讀者們最常見的幾個問題。

Q1：怪物君如果從六校之戰的起初，就抱持著幹掉所有人的想法，會發生什麼事？

A：時間點在六校之戰起初的話，所有人都會被殺光。

Q2：這本書的輕小說家之間存在戰力差距，到底誰是最強的？

A：相信每個人心中都有自己的答案——咖啡把線索都放在小說內文中了，去吧，找到的人就可以成為有病王!!

Q3：咖啡老賊你騙我，說好的治癒呢？

A：可以不用擔心哦，本作品確實是治癒作，相信看完最終集，也就是下一集，大家都會贊同咖啡的話。

Q4：下一部新作什麼時候會推出？

A：應該是《有病》系列完結後不久。

最後順便貼咖啡自己的ＦＢ，前幾集後記的ＦＢ因為壞掉的關係換成現在這個，頭像是企鵝的那個就是本人，有心得想要分享給咖啡的朋友，可以加我好友哦。

https://www.facebook.com/profile.php?id=1000022285733430

或是也可以搜尋「甜咖啡粉絲團」，這兩個地方都是咖啡親自管理，可以聯絡到我本人。

謝謝大家的支持，我會繼續努力。

那麼，我們完結篇再見。

國家圖書館出版品預行編目資料

在座寫輕小說的各位,全都有病 / 甜咖啡
作. -- 1 版. -- [臺北市] : 尖端, 2019.04
冊 ;　公分

ISBN 978-957-10-8518-0 (第11冊 : 平裝)

857.7　　　　108002128

浮文字
在座寫輕小說的各位，全都有病11

著　者／甜咖啡
發行人／黃鎮隆
總經理／陳君平
經　理／洪琇菁
總編輯／呂尚燁
美術總監／沙雲佩
美術編輯／方品舒
封面插畫／千刀葉
執行編輯／曾鈺淳
企劃宣傳／邱小祐、劉宜蓉
國際版權／黃令歡、梁名儀
內文排版／謝青秀

出　版／城邦文化事業股份有限公司 尖端出版
台北市中山區民生東路二段一四一號十樓
電話：（〇二）二五〇〇—七六〇〇
傳真：（〇二）二五〇〇—二六八三
E-mail：7novels@mail2.spp.com.tw

發　行／英屬蓋曼群島商家庭傳媒股份有限公司城邦分公司　尖端出版
台北市中山區民生東路二段一四一號十樓
電話：（〇二）二五〇〇—七六〇〇（代表號）
傳真：（〇二）二五〇〇—一九七九

中彰投以北經銷／楨彥有限公司（含宜花東）
電話：（〇二）八九一九—三三六九
傳真：（〇二）八九一四—五五二四

雲嘉經銷／智豐圖書有限公司　嘉義公司
電話：（〇五）二三三—三八五二
傳真：（〇五）二三三—三八六三
客服專線：〇八〇〇—〇二八—〇二八

南部經銷／智豐圖書有限公司　高雄公司
電話：（〇七）三七三—〇〇七九
傳真：（〇七）三七三—〇〇八七

香港經銷／一代匯集
香港九龍旺角塘尾道六十四號龍駒企業大廈十樓B&D室
電話：（八五二）二七八三—八一〇二
傳真：（八五二）二五八二—一五二九

新馬經銷／城邦（馬新）出版集團Cite（M）Sdn. Bhd.
E-mail：cite@cite.com.my

法律顧問／王子文律師　元禾法律事務所
台北市羅斯福路三段三十七號十五樓

二〇一九年四月一版一刷
二〇二一年五月一版三刷

■中文版■

郵購注意事項：
1.填妥劃撥單資料：帳號：50003021戶名：英屬蓋曼群島商家庭傳媒(股)公司城邦分公司。2.通信欄內註明訂購書名與冊數。3.劃撥金額低於500元，請加附掛號郵資50元。如劃撥日起 10～14日，仍未收到書時，請洽劃撥組。劃撥專線TEL：(03)312-4212 ・ FAX：(03)322-4621。E-mail：marketing@spp.com.tw